让日常阅读成为砍向我们内心冰封大海的斧头。

母亲仍在我身边,我躺在她旁边,等待清晨降临。

能够听母亲说话,这是我的幸运。

妈妈的脸映在夕阳下,头枕着你的膝盖。你静静端详着妈妈的脸,仿佛在凝视素昧平生的陌生人。妈妈头疼了?疼得哭不出来?曾几何时,她的黑眼睛又圆又亮,犹如即将生产牛犊的母牛,如今却藏进深深的皱纹里,越来越小了。

你走向妈妈失踪的地点,那么多人与你擦肩而过。你站在父亲松开妈妈手的位置,仍有那么多人擦着你的肩膀前前后后地走过,没有人说对不起。你的妈妈茫然失措的时候,人们也是这样走过去了。

在海边的阳光下,你用手指着读不懂的盲文,回想着第一次教你识字的人是谁。二哥。你和二哥趴在老房子的廊台上,妈妈站在旁边。

下了这么大的雪,却没有人扫雪。院子里到处都是白雪。凡是能结冰的地方都结满了冰溜子。孩子们小的时候,常常摘下冰溜子,当成刀剑打架。

这座房子还在,他瞪大了眼睛。他在胡同里走来走去,寻找妈妈的身影。走着走着,他来到了三十年前租住的房子前。锋利如刃的铁块插在大门上,一如从前。

妈妈两手空空,在首尔站等待回乡下老家的夜班火车。妈妈疲惫的样子总是刺激他产生新的斗志。

头痛似乎要把你的妈妈吞噬。她的活力和生机被急速耗尽,卧床时间越来越久。

申京淑

Kyung-Sook Shin

请照顾好我妈妈

［韩］申京淑 —— 著　薛舟　徐丽红 —— 译

北京联合出版公司
Beijing United Publishing Co.,Ltd.

图书在版编目（CIP）数据

请照顾好我妈妈 /（韩）申京淑著；薛舟，徐丽红译 . —北京：北京联合出版公司，2021.2（2023.5 重印）
 ISBN 978-7-5596-4759-7

Ⅰ . ①请… Ⅱ . ①申… ②薛… ③徐… Ⅲ . ①长篇小说—韩国—现代 Ⅳ . ① I312.645

中国版本图书馆 CIP 数据核字（2020）第 242471 号
北京市版权局著作权合同登记 图字：01-2020-6958

2008 © by Kyung-sook Shin
All rights reserved.
First published in Korea by Changbl Publishers, Inc.
This simplified Chinese language edition is published by arrangement with the author through KL Management, Seoul.
Copyright © 2021 by Beijing Xiron Culture Group Co., Ltd.

This book is published with the support of the Literature Translation Institute of Korea (LTI Korea)

请照顾好我妈妈

作　　者：［韩］申京淑
译　　者：薛　舟　徐丽红
出 品 人：赵红仕
责任编辑：徐　樟

北京联合出版公司出版
（北京市西城区德外大街 83 号楼 9 层　100088）
三河市冀华印务有限公司印刷　新华书店经销
字数 150 千字　880 毫米 ×1230 毫米　1/32　8.5 印张
2021 年 2 月第 1 版　2023 年 5 月第 3 次印刷
ISBN 978-7-5596-4759-7
定价：48.00 元

版权所有，侵权必究
未经许可，不得以任何方式复制或抄袭本书部分或全部内容
本书若有质量问题，请与本公司图书销售中心联系调换。电话：（010）82069336

尽可能地去爱吧!

——李斯特

导　读

　　如果不是这次重读，我几乎忘了这部作品。然而当我打开书稿，重新审阅的时候，初读时的情绪再度涌上心头。十年过去了，不变的是书，变化的是我的心境。夜深人静时分，阅读这样情绪充沛、诚意满满的书，总是让人心神荡漾，书中母亲的形象总在眼前晃动，感觉那似乎也是自己的母亲，而我何尝不是书里那个惊惶的孩子呢？

　　"你从未想过，原来妈妈也有蹒跚学步的时候，也有三岁、十二岁，或者二十岁的时光。你只是把妈妈当成妈妈，你以为妈妈天生就是做妈妈的人。"每个人大概都是这样，一旦告别故乡，离开母亲，人生便踏上了高速运转的传送带，再也停不下来，绝难有机会去想象这样看似琐碎的事情。也许只有当母亲走失这样的大事发生时，才会豁然猛醒，重新打量心目中习以为常的母亲。想到母亲也是从不谙世事的孩童长大，手忙脚乱地成为母亲，每个已经长大成人的孩子都会忍不住心疼。

孩子小的时候，依恋着父母。当孩子长大以后，父母似乎转而依恋孩子。他们辛勤放飞的风筝远走高飞了，自己的心里只留下浓浓的阴影，于是便在无尽的劳作中回忆从前。"送走大哥后，你的妈妈每天早晨都要擦拭酱缸台上的酱缸。水井在前院，单是提水就很费力气，然而她还是挨个擦完了摆满整个后院的全部酱缸。她还掀开盖子，里里外外擦得润泽而透亮。"

主人公回到故乡，看待母亲的视角也起了变化，有了旁观者的意味。她细细打量，细细揣摩，感受着眼前的母亲和记忆里的母亲的不同。母亲变了。当子女秘而不宣地回到家里，母亲竟然有些惊慌失措，为没有来得及收拾家里而感到抱歉。"家人，就是吃完饭后，任凭饭桌凌乱，也可以放心去做别的事情。妈妈再也不愿让你看见她纷纭的生计了，于是你也豁然醒悟，原来你已经变成了妈妈的客人。"当主人公意识到这点的时候，心隐隐作痛。我们努力成长，终于长成了父亲和母亲的客人。当我们也为人父母，一边是母亲的孩子，一边是孩子的父母，能做的无非是将这份爱接过来，传递下去。那中间的心思还是万古不变的。于是，阅读这部小说就成了情感的温习之旅，我们从如泣如诉的文字里感受到某种善意的轻盈的提醒，我们感叹生活的强大，感叹母亲年轻的时候才是我们最好的时光。

我在申京淑的字里行间回想自己的童年，遗憾的是记忆力没有那么好，对于故乡和童年的印象也没有这么细致，好多好多事情都忘了。村子里五百岁的老槐树、父母曾无数次挑水的如今早已废弃的水井、曾经供养整个村庄的胃而今成为风景的碾子和石磨，去的去了，来的来着，每次回到日新月异的村庄，心底里总觉得莫名地荒凉。有时宁愿回到过去那个泥泞的、房屋低矮的、家家户户炊烟袅袅的小村庄。谁的成长不是一步步地和故乡告别呢？这样读着申京淑的作品，就感觉她是在为所有离开故乡的人挽回逝去的童年。

"上次像这样耐心地跟妈妈谈论自己的事情是什么时候呢？不知不觉间，你和妈妈的对话变得简短了。"有些事遗忘太久了。主人公在便条上记下自己的愿望，"三十多行都是以'我'开头的句子"，包括"今后十年必须做的事和我想做的事，然而我的全部计划之中唯独没有陪妈妈。写下这些句子的时候没有意识到，但是妈妈丢了以后回头再看，我才发现是这样"。母亲是在我们的忽视和遗忘中走失的。当我们跟随作者不断寻找，一步步进入母亲的内心世界，赫然发现了一个真实的母亲。比如，我们每个人都是吃着母亲的饭长大的，却很少去关心母亲是不是真的热爱做饭、热爱厨房。母亲自己怎么想？"有时我真的很烦，感觉厨房就像监狱。"这是天下母亲的心声吧。申京淑的母亲，还有我们的母亲，谁又不是这样呢？如今是女性主义高扬的时候，她们却一辈子都没有意识到自己有什么权利，只是默默地消耗着生命。值得吗，妈妈？如果不是写作和阅读，这样的问题我们大部分人都问不出口。这是天问。

当然，小说里的母亲是智慧的，她也在偷偷地打破套在自己身上的壳，努力做有意义的事。这点连和她共同生活了五十年的丈夫都不知道。"妻子去南山洞孤儿院做事已经十几年了，你却什么都不知道。你甚至怀疑，你丢失的妻子真的是洪泰熙所说的朴小女阿姨吗？"换而言之，对于丈夫而言，妻子早已在他的心里走失了。作为回报，妻子想读女儿的书，请希望院的人帮自己读书。她在努力走进孩子的精神世界。"原来妻子想读女儿写的书啊。她从来没跟你提过。你从来没想过给妻子读女儿的书。"这是"母亲"身份之外的母亲。她似乎在提醒我们每个人怎么生活，怎样保持新鲜感地生活。我们长久地埋没在日常里，琐碎和重复渐渐淹没每个人的胸口、脖子、嘴巴、鼻子、眼睛，直至没顶！母亲也许早已意识到生活对自己的腐蚀，努力挣扎探出脑袋。母亲的失踪，难道是蓄谋已久的出走？

"她的一生都在为家人牺牲，最后却失踪了。"

这次失踪事件看似突然，其实母亲终生都在完成这个失踪的过程。对于母亲而言，失踪是进行时态，失踪是渐进的程序。也许，失踪的母亲才是最后的母亲，愿意为子女奉献全部，并将抚育子女当作终生的事业。如此看来，申京淑不正是通过这部作品向最后的母亲致敬吗？致敬一个永不回来的时代，带着歉意，因为受之恩惠，却又不能竭力去延续这份恩情。

书稿看完后，我久久地沉浸在申京淑营造的氛围里，几次潸然落泪，可见真诚的文字饱含着永不过时的情感和力量。毕竟，这次重读距离上次已经过去十年，加之近年来申京淑鲜有新作问世，更谈不上翻译引进了。也许有的读者对申京淑这个名字还有些陌生，不妨借此机会做个简单的介绍。

申京淑是20世纪90年代韩国文坛的神话，每有新作都会引发阅读旋风，这在严肃文学遇冷的年代不能不说是奇迹。她生于全罗北道井邑郡的乡村，毕业于首尔艺术大学文艺创作系。二十多岁便发表了《冬季寓言》《风琴的位置》《吃土豆的人》等名作，不仅得遍了韩国的重要文学奖项，2012年还获得了第五届英仕曼亚洲文学奖，极大地提高了韩国文学在世界范围内的声誉和影响力。

申京淑的作品有着突出的特征，只要读过一部作品，常常很容易辨认出另外的"申京淑牌"。她习惯于在隐隐约约间和自己的生活保持平行关系，有时主人公的身上就带着她本人的印记，重要的个人履历和思想情感会被反复提及。比如早期的长篇代表作

《深深的忧伤》（1994年）和《单人房》（1995年）里就有很多个人经验，而她的很多中短篇小说，如《钟声》《月光之水》《风琴的位置》等几乎就是自传体的纪实文学。评论家金思寅说："她首先让'现在的我'复原为'从前的我'，从而让过去和现在相互面对……《单人房》是旨在寻找自我本质的心理斗争的记录。"这样说来，《深深的忧伤》和《单人房》，乃至后来的长篇作品《紫罗兰》和《请照顾好我妈妈》中，主人公们都有着极为相似的家庭出身、学历背景和社会履历也就不能算是巧合了，那必然是作者刻意为之，或者说是作者也避免不了的自我投射。

《单人房》是作者最重要的作品之一，主人公是从家乡出走的十六岁少女。她每天抱着收音机倾听外面世界的消息，深深厌倦了习以为常的乡村生活，对陌生的城市生活无比好奇和向往。后来她终于来到首都，忍受着钢筋水泥和工厂生产的压迫，经过数不清的波折磨难，渐渐地适应了城里人的生活。然而隔膜并不能轻易消除，她不可能与城市身心交融，生活场所的转移只是为她增加了观察故乡的新视角。每次回家她总是感觉到工业文明对于乡土习俗的围困和蚕食，比如从前的水井被父亲加封了水泥井盖，家里用上了自来水，"如今我再也不可能从井里挑水，或者望着映在井里的黄月亮了"；比如柏油路取代了从前尘土飞扬的黄土路；比如新房取代了茅草屋，传统意义上的厕所随之消失，变成了室内卫生间。"五年前新盖的这所房子只是地理上位于农村而已,却再也不是农村的房子了。"走出故乡的人在变,故乡也在日新月异,于是主人公内心深处最后的屏障被强行拆除,她不得不忍受着双重的焦虑。"背井离乡之后,我又想家了。我想念新村运动更换石板屋顶之前,茅草屋檐之下的童年,我想念茅屋里的家人,我想念屋顶之上循环不息的春夏秋冬,多么分明。"无论如何,回乡已然不可能,真正意义上的"回乡"也就是通过文字回归自己的童年时代。身体在现实的推动之下被迫向前,灵魂还在拼命挣扎着回头遥望,这样的觉醒令人痛苦而又无奈,申京淑作品的主人公们都后知后觉或先知先觉地承受着类似的心灵煎熬。

《深深的忧伤》的主人公是三个青梅竹马的好朋友,世从小痴痴地爱着恩瑞,而恩瑞的痴情从小就给了莞,他们离开故乡露凝地,到城市里谋生活。莞对恩瑞的深爱视而不见,以为无论自己走到哪里,恩瑞肯定会在原来的地方等着自己。恩瑞是他的归宿,是他的故乡。直到后来,莞非常现实地接受了富家女上司抛来的橄榄枝,彻底绝望的恩瑞便接纳了世的爱情。这两桩并非发自本心的婚姻注定不得善终,后悔随后就来了。"莞感觉自己失去了这种舒心感和故乡的感觉。与朴孝善结婚的瞬间,他就感觉到了。他在蜜月旅行地抱着朴孝善的时候就想,我再也找不到舒心的感觉了。""那是触手可及的舒心感,那是任何时候都将与我同在的故乡的感觉。"恩瑞原来打算和世好好生活，然而事与愿违，莞的偶尔来电或来访让世产生了深深的误解，越发怀疑自己的婚姻，越来越频繁地向恩瑞发泄不满，于是恩瑞的苦难也越发深重，勇往直前的生活彻底斩断了三个人和故乡露凝地的联系。恩瑞回家看完母亲，又给弟弟留下最后的书信，便纵身从六楼跳下，结束了年轻的生命，"我，已经走出太远，无法找回自己的人生了"。"那个女人，像花瓣，轻轻地飘在六楼和公寓花坛之间的时候，莞在办公室里，世在学校里，感觉到五脏六腑爆炸般地疼痛。这种疼痛使莞不由自主地关上了正在看的电脑，世手里的粉笔从他的指尖轻轻滑落。"乍看起来，这是非常纯正的三角恋爱的故事，你爱我，我爱他，而他又不爱我，我和你结婚，于是结局很不幸。然而认真品味，申京淑的真正意图似乎又不在于此。主人公恩瑞屡屡回家，却只能寻求短暂的安慰，不是真正的"还乡"，更多的反而是失望。她和莞、世之间从童年时代累积的关系才是真正的灵魂故乡，世和莞既是她的手足，又是她的影子，当现实篡改了他们的关系，损伤了他们的纯洁感情，她怎能不感觉到彻骨的分裂之痛？那个隐秘的故乡怎能不离她越来越远？

　　如果说《深深的忧伤》和《单人房》是源于对当代生活的切身感受，拖着浓重的作者本人的影子，那么到了2007年出版的历史小说《李真》(连载于《朝鲜日报》时题为《蔚蓝的眼泪》)，我们会发现申京淑已经将这种故乡意识推进到遥远的历史领域。朝鲜官廷舞姬李真和法国驻朝鲜公使科林结婚之后，跟随科林远渡重洋来到法国巴黎，从此开始了新鲜的异乡生活。李真天资聪颖，美丽优雅，拥有出色的艺术才华。她就像海绵吸水似的接受西方文明，彻底摆脱了卑微的奴隶身份，享受着身体和精神的双重自由，很快便成为巴黎上流社会的交际花，结识了莫泊桑等文化艺术界人物。而朝鲜依然闭关锁国，沉浸在"隐士之国"的迷梦里难以清醒，直至日本入侵，明成皇后被害，国势由是衰微，国家命运面临着艰难的抉择。李真因为思乡病而回国，亲眼见证了明成皇后之死，亲身经历了祖国在时代风云里的动荡危机，幻灭之余服毒自尽。探究李真之死的深层原因，我们不难发现与《深深的忧伤》里的恩瑞跳楼颇有异曲同工之妙。作为王朝体制内部身份卑微的舞姬，她基本没有为国捐躯的动机，她的死更多是因为故乡梦的破灭，灵魂的回乡之路已被彻底斩断。申京淑通过明成皇后和李真的先后死亡，隐约地指出在工业文明的冲击之下，乡土文明面临着前无出路、后无退路的尴尬。写到这里，我又想起了曾在申京淑的小说《哪里传来找我的电话铃声》译序里说过的话："申京淑的全部小说其实是一部小说，申京淑讲述的全部故事其实是一个故事，无论这个故事的外壳是青春的爱与死亡，还是历史烟云里的家国之痛。"

既然申京淑长期以来的写作都围绕着故乡的主题，而母亲又维系着故乡的灵魂，那么认真虔诚地书写母亲也就变成了自然而然的作业。作为忠于自己心灵的书写者，故乡不仅缔造了她的生命，也为她的写作提供了源源不竭的动力和养料，只是她远走高飞，投身汹涌澎湃的都市生活，这么多年她变了没有？阔别故乡三十年之后，申京淑终于有机会完整地陪伴母亲半个月。每天早晨，她会走进母亲的房间，静静地躺在母亲身边。母女俩聊起从前的故事，仿佛回到了从前的时光。宝贵的十五天里，作者想的是什么？应该就是这部小说的缘起吧。

　　失踪的母亲还会归来吗？我们不得而知。"我想留下余地，母亲只是失踪了，还有找到的希望"，作者的话也是留给读者反躬自省的余地，不要等到母亲真的找不回来的时候再去后悔。于是我们不难发现，《请照顾好我妈妈》正是申京淑对于前作的回应，我们的故乡还在，我们的母亲还在，只是我们的眼睛蒙上了荫翳，只是我们的初心落满了烟尘。韩国作家李笛说："这是令人心痛的故事，给犹然未晚的人以大警醒，给悔之已晚的人以大安慰。"

薛舟

2020 年 4 月 8 日

目录 \ contents

第一章　没有人知道　　　　　　001

第二章　亨哲呀，对不起　　　　059

第三章　我，回来了　　　　　　111

第四章　另一个女人　　　　　　163

尾　声　蔷薇念珠　　　　　　　211

作者的话　　　　　　　　　　　235

第一章
没有人知道

妈妈失踪已经一周了。

你们家人聚集在哥哥家。一番深思熟虑之后,你们决定制作寻人启事,散发到妈妈失踪地点附近。你们决定先写寻人启事,还是用从前的方式。家里有人失踪了,何况失踪的还是妈妈,其他人能做的无非这么几种。申报失踪、四处搜寻、逢人便问见过这个人吗,或者让经营网上服装店的弟弟发表网络声明,介绍妈妈失踪的经过和场所,同时上传妈妈的照片,说看到相似的人请跟我们联系。虽然也想到妈妈可能去的地方找找,但是你也知道,这个城市里几乎没有妈妈一个人能去的地方。你是作家,寻人启事的事就交给你吧,哥哥点了你的名。作家?你像做了亏心事被人揭穿似的，脸红到了耳朵根。你笔下的某个句子真能帮你们找到失踪的妈妈吗？

1938年7月24日生，当你写下妈妈的生日，父亲却说妈妈出生于1936年。只有居民身份证上写着1938年生，实际是1936年生。你还是第一次听说这件事。父亲说，当时就是这样，很多孩子出生不满百天便夭折了，只好养到两三岁之后再去登记户籍。你把1938改成1936，哥哥却认为既然是个人详细资料，那就应该写成1938年生。这是我们自己制作的寻人启事，又不是洞事务所[1]和区政府，为什么不写事实，却要写户籍登记资料呢？你心存疑问，不过还是默默地修改了数字，1936又变成了1938。这时你又想，妈妈的生日是7月24日，准确吗？

早在几年前，你妈妈就说不要再为她单独过生日了。父亲的生日比妈妈的生日提前一个月。以前每逢生日或者别的纪念日，你们这些住在城里的家人都会赶回位于J市的妈妈家。如果大家都聚齐了，单是直系亲属就有二十二人。妈妈喜欢家人团聚的喧闹气氛。每次家庭聚会，她会提前几天腌泡菜，跑到市场买肉，

---

[1] 洞，韩国最小的行政区划单位，大致相当于中国的街道。——本书注释均为译者注

准备牙膏牙刷。她还要榨香油,把芝麻和荏子分别炒熟捣碎,你们走的时候,每人带上一瓶。你妈妈在等候家人团聚的日子里,无论是遇见村里的邻居,还是在市场上碰到熟人,跟人交谈的时候总是喜气洋洋,言谈举止间洋溢着骄傲。库房里密密麻麻地摆放着大大小小的玻璃瓶,里面盛着她在每个季节亲手酿制的梅子汁或者草莓汁。妈妈的酱缸里盛满了准备分发给城里家人的黄石鱼酱、鳁鱼酱和蛤蜊酱。听人说洋葱好,她就做洋葱汁。赶在冬天来临之前,她做好添加了甘草的老南瓜汁,送给生活在城里的家人。你妈妈的家就像个工厂,一年四季都在为城里的家人制造着什么。大酱腌好了,清曲酱发酵了,大米磨好了。不知从什么时候开始,城里的家人们回 J 市的次数越来越少,反而是父亲和妈妈一起进城的次数越来越多了。父亲和妈妈的生日也改为在城里的饭店过了。这样一来,的确少了些折腾。后来妈妈说,我的生日就跟你父亲一起吧。夏天太热,还有两次需要两天时间才能完成的夏季祭祀,哪有时间过生日啊。妈妈这么说。起先你们家人都说这怎么能行。即使你妈妈不愿到城里来,你们也会三三两两地赶到乡下给她过生日。又过了几年,大家在父亲生日那天也为妈妈准备好礼物,她的生日也就悄悄地过去了。妈妈喜欢按照家里的人数买袜子,然而买回来的袜子很多都没有被家人拿走,放在衣柜里越积越多。

姓　　名：朴小女

出生日期：1938年7月24日（满69岁）

外　　貌：短烫发，白发很多，颧骨较高。身穿蓝衬衫、白外套、米色百褶裙。

失踪地点：地铁首尔站

关于用妈妈哪张照片，意见又出现了分歧。尽管大家都同意应该用近照，然而谁也没有妈妈最新的照片。你想起来了，不知从什么时候开始，妈妈开始讨厌照相。每当照全家福的时候，她总会在不知不觉间悄悄走开。照片上唯独没有妈妈的影子。父亲七十大寿的全家福里留有妈妈的面容，那应该是最近的模样了。那时的妈妈穿着浅蓝色的韩服，还去理发馆把头发做成高髻，唇上涂了红色的唇膏，显然是精心打扮过了。弟弟认为照片里的妈妈和失踪前的样子相去甚远，就算把照片上的妈妈单独放大，恐怕看见的人也认不出来。照片放到网上以后，有人留言说妈妈很漂亮，看着不像迷路的人。于是，你们决定继续寻找，看看有没有其他照片。大哥让你再补充几个句子。你怔怔地望着大哥。大哥说，多想点儿有号召力的句子。有号召力的句子。请帮我们寻找母亲，你这样写道。大哥说这太普通了。寻找母亲。写完之后，大哥说母亲这个称呼太郑重了，你说改成妈妈。寻找我们的妈妈。

大哥又说这样太孩子气了。如果看到这个人，请尽快与我们联系。你刚写完，大哥勃然大怒，亏你还是作家呢，除了这几句就写不出别的来了！你百思不得其解，究竟什么才是大哥想要的有号召力的句子呢？这时二哥说话了，号召力还能是什么？写上酬谢金额就是号召力。于是你写道，不吝酬谢。不吝酬谢是什么意思？这次是嫂子出面反对。必须注明准确数额，别人才会关注。

——那要写多少？

——一百万？

——太少了。

——三百万？

——好像还有点儿少吧？

——那就五百万吧。

面对五百万，谁也没有多嘴。于是你写道，愿奉上五百万元[1]作为酬金。写完之后，你画上了句号。二哥要求改为"酬金：五百万元"。弟弟让你把五百万元这四个字写大点儿。然后你们决定各自回家寻找妈妈的照片，碰到合适的直接发到你的邮箱。补充启事内容和印刷事宜由你负责，弟弟负责分发寻人启事。分发寻人启事可以另外找个打工生来做，你刚说完，大哥就接过话来

---

[1] 书中货币单位均为韩元。

了,这件事应该由我们亲自来做,平时大家各忙各事,抽空做就行了,周末大家要碰头,共同行动。这样什么时候才能找到妈妈啊?你嘀咕道。大哥说,能做的事情都有人在做,我们必须亲自做这些事,是因为我们总不能什么事都不做吧。能做的事情?报纸广告。报纸广告就是全部能做的事吗?那怎么办?从明天起,放下所有的工作,无条件地挨个小区瞎逛吗?如果这样就能保证找到妈妈,我一定会去做的。你不再跟大哥争执。你已经习惯了。你是哥哥,你说怎么办就怎么办好了!你突然醒悟,即便在这样的情况之下,多年来无论大事小事都推给大哥的习惯仍在暗中作祟。你们把父亲留在大哥家,就匆忙分开了。再不分开,恐怕又要吵起来了。过去的一个星期总是这样。大家碰头本来是为了商量如何解决妈妈失踪的问题,想不到你的家人们却总是指出其他人平时对不住妈妈的地方。转瞬之间,曾经像躲避般缝合的往事纷纷膨胀起来,结果有人咆哮,有人吸烟,有人夺门而去。刚听到妈妈失踪的消息时,你忍不住发了脾气,家里这么多人,怎么就没有人去首尔站迎接呢?

——那你呢?

——我?

你无言以对。你是在四天之后才知道妈妈失踪的消息的。你的家人们相互推卸妈妈失踪的责任,每个人都很受伤。

告别大哥，你坐地铁回家，却在妈妈走失的首尔站下车了。你走向妈妈失踪的地点，那么多人与你擦肩而过。你站在父亲松开妈妈手的位置，仍有那么多人擦着你的肩膀前前后后地走过，没有人说对不起。你的妈妈茫然失措的时候，人们也是这样走过去了。你要离开妈妈进城的前几天，妈妈拉着你的手去了市场里的服装店。你挑了件没有花饰的连衣裙，妈妈却把一件肩部和裙边缀有花边的裙子递到你面前。这件怎么样？唉……你叹着气推开了。怎么啦？试试嘛。当时还年轻的妈妈瞪圆了眼睛。带饰边的连衣裙和妈妈戴在头上的毛巾形成了鲜明的对比，犹如两个截然不同的世界。太幼稚了，你说。妈妈问，是吗？她似乎还是觉得惋惜，前前后后打量着那件连衣裙。说妈妈幼稚，你感到有些歉疚，于是又说，这也不像妈妈你的风格啊。这时你的妈妈说，不，妈妈喜欢这样的衣服，可惜穿不了。

对一个人的回忆可以追溯到哪里？关于妈妈的回忆呢？

自从你听说妈妈的消息之后，你的心里再也没有片刻安宁。无论你在哪里，妈妈守在身边时那些被遗忘到九霄云外的往事都会纷纷涌现。无穷无尽的悔恨从记忆的尽头纷至沓来。当时要是试试那件衣服就好了。你坐下来。也许妈妈曾经蜷缩着身子坐在这里吧。那天你固执地挑选了自己喜欢的连衣裙，没过几天你就来到了首尔站。送你来首尔的妈妈迈着自信的脚步，仿佛能镇住威严俯视着人群的高楼大厦。你的妈妈紧紧拉着你的手穿过汹涌的人潮，走过广场，站在钟楼下面等你的哥哥。如今她迷路了。看到地铁进站的灯光，纷纷涌过的人们对你侧目而视，似乎觉得坐在地上的你有些碍事。

你的妈妈在地铁首尔站抓脱了父亲的手，那时候你在中国。你和几位作家同人前去参加北京国际书展。后来想想，你的妈妈在地铁首尔站失踪的时候，你正在书展的某个展位上端详着被译成中文的你的作品。

——父亲为什么不打出租车，而去坐地铁？只要不坐地铁……

父亲说，既然火车站和地铁站相连，何必非要出去打车呢？所有的事情，尤其是坏事，往往在发生之后才感到后悔。当时真不应该那样啊。家人们为什么一反往常，竟然相信父母能够自己找到二哥家呢？家里无论是谁，总会去首尔站或高速客运站迎接父母，这向来是理所当然的事。不管是去这个城市的什么地方，父亲要么乘坐家里人的私家车，要么打车，然而他怎么会想到坐地铁呢？父亲说是妈妈想和他一起乘坐刚刚进站的地铁。父亲进了地铁，妈妈就不见了。当时偏偏是混乱不堪的周六下午。你的妈妈被人潮裹挟着松开父亲的手,惊慌失措的时候,地铁已经出发了。父亲拎着妈妈的提包,你的妈妈两手空空,独自留在地铁站里。那时候你已经离开书展,正在赶往天安门。这是你第三次来北京,却从来没有去过天安门广场。从前只是坐在公共汽车或小轿车里呆呆地凝望。为你做导游的学生说,距离晚饭还有点儿时间,要不要去天安门广场看看。你都同意了。你在紫禁城前走下出租车的时候,独自留在地铁站里的妈妈在做什么呢?走进紫禁城之后,你们很快就出来了。整个北京城都在施工,据说是为了迎接即将在第二年举行的奥运会。紫禁城也在施工,只有局部开放,而且关门时间也快到了。你想起电影《末代皇帝》里老溥仪回到度过童年时光的紫禁城,告诉小游客,我给你看样东西,然后从龙椅下面拿出以前藏在这里的蛐蛐笼子。掀开盖子,溥仪小时候玩过的蛐蛐还活着。你要去天安门广场的时候,你的妈妈是不是站在汹涌的人潮中怅然若失呢?也许她在等待有人来接自己。连接紫禁城和天安门广场的道路也在施工。广场近在眼前了,然而必须穿过复杂如同迷宫的地下通道才能到达。你抬头仰望飞舞在天安门广场上空的风筝,此时你的妈妈绝望地坐在地铁站,也许还低声呼唤着你的名字呢。天安门的铁门洞开,武警战士们踢着正步行进,于是你欣赏到了降下五星红旗的情景。这时候,你的妈妈也许正在地铁首尔站迷宫般的通道里徘徊又徘徊。当时看见你妈妈的站内工作人员也证实了这点。他们看见那个被推断为你妈妈的年迈妇女步履蹒跚地走着，看见她偶尔跌坐在地上，看见她呆呆地站在电梯前。也有人说，那个像你妈妈的老人在地铁站里坐了很久，后来便进了刚刚进站的地铁。那天夜里，你的妈妈消失了，无影无踪。你和你的作家同人却驱车赶往灯火辉煌的北京美食街，在红灯高照中品尝着高达五十六度的中国美酒，享用着红油烹炒的滚烫的香辣蟹。

父亲说他在下一站下车，重新回到和妈妈失散的首尔站，然而妈妈已经不在了。

——就算没坐上地铁，也不会迷路吧？地铁站里不都挂着向导牌嘛。难道妈妈不会打电话？只要去公共电话亭打个电话就行了。

嫂子不解，没坐上地铁就找不到儿子的家了吗？也许妈妈还有别的事呢。别的事？嫂子这么说是因为她依然把妈妈看成是从前的妈妈。妈妈也会迷路，你说。嫂子瞪大了眼睛。嫂子不是也知道吗，妈妈是什么状态。嫂子的神情仿佛在说，我什么都不知道。妈妈处于什么样的状态，你的家人都知道。你们也都知道，妈妈也许再也回不来了。

你是从什么时候知道妈妈不识字的呢？

大哥进城之后，你要替妈妈写下她想跟大哥说的心里话。也就是从这个时候开始，你学会了写信。哥哥在你们出生的村庄所属的小镇上读完了正规高中，独自准备了一年时间的公务员考试，然后接到任命进城了。这是妈妈第一次和自己的孩子分别。当时还没有电话，唯一的通信方式就是写信。城里的哥哥在信纸上写满了硕大的字，寄给村里的妈妈。你妈妈准确地知道哥哥的信哪天到达，犹如神灵般分毫不差。每天上午十一点，邮递员骑着自行车来到你们村，前面挂着大大的邮包。哥哥来信的日子，无论是正在田里劳作，还是正在水沟里洗衣服，妈妈都会准时赶回家，亲手从邮递员手里接过哥哥的信，然后等着你放学回家。你刚放学，妈妈就把你拉到屋后的廊台，掏出哥哥的信递过来。大声读吧，妈妈说。离家的哥哥总是以"母亲大人前上书"开头，好像是从教科书里学来的书信格式。哥哥先询问乡下老家的状况，然后转达自己的平安。他在信中说他每周都把换洗衣服送到堂婶家，请她帮自己洗。这是妈妈殷切叮嘱堂婶的事。哥哥说，他吃得很好。因为在洞事务所上班，所以连住宿也解决了，请家人不必担心。哥哥说，既然已经来到这个城市，就没有什么做不成的事了，而且他想做的事也很多。他表达了自己的决心，那就是力争成功，总有一天要让妈妈过上幸福的生活。他老练而又豪迈地写道，母亲，请不要为我担心，您一定要保重身体。你大声读着哥哥的信，

第一章 没有人知道

偶尔隔着信纸去看妈妈。你的妈妈眼睛一眨也不眨,静静地凝望着后院的芋头和酱缸。她像兔子似的敏锐地支起耳朵,唯恐漏掉一句。信读完了,妈妈让你在信纸上记下她的话。她的第一句话是"给亨哲"。亨哲是你大哥的名字。妈妈说给亨哲,你就写下"给亨哲"。妈妈没让你画句号,而你还是在名字后面画了个句号。妈妈呼唤亨哲呀,你就写下"亨哲呀"。妈妈好像忘了要说什么,说完亨哲后便陷入沉默。你把滑落的短发拂到耳后,手里捻着圆珠笔,支棱起耳朵,注视着信纸,等待她下面的话。妈妈说天气转凉了,你就写"天气转凉了"。说完给亨哲之后,妈妈接着说天气。春天来了,百花盛开。夏天来了,稻田裂纹。秋收时节,田垄上到处都是大豆。只有给哥哥写信的时候,妈妈才不说方言土语。家里的事不用担心,希望你照顾好自己。妈妈没有别的嘱咐了。妈妈开始于"给亨哲"的话语终于变奏为感情的湍流:也帮不上你的忙,妈妈心里很难过。你在信纸上一字一句地誊写着妈妈说的话,啪的一声,大滴的眼泪掉落在妈妈的手背上。你妈妈口述的最后一句话总是不变:千万不要饿肚子啊。妈妈。

你是家里的老三,每次哥哥们离开家的时候,你都目睹妈妈经受离别的悲伤、痛苦和牵挂。送走大哥后,你的妈妈每天早晨都要擦拭酱缸台上的酱缸。水井在前院,单是提水就很费力气,然而她还是挨个擦完了摆满整个后院的全部酱缸。她还掀开盖子，里里外外擦得润泽而透亮。擦拭酱缸的时候，她嘴里还哼着歌：若不是大海隔在你我之间，也不会有这辛酸的离别……妈妈不停地在冷水里浸泡抹布，捞出拧干，忙忙碌碌地穿梭在酱缸之间，然而她依旧在哼唱：某一天你不会抛下我吧。这时候，如果你喊声"妈妈"，她便会回头张望，她那憨厚老牛般的眼睛里已然泪水汪汪。妈妈站在酱缸前呼唤哥哥的名字，亨哲呀！突然筋疲力尽似的跌坐在地上。这时你悄悄抽出妈妈手里的抹布，高高地抬起她的胳膊，让她搂住你的肩膀。妈妈疼爱你大哥的方式就是在他结束晚自习回家后，单独给他煮方便面。偶尔你跟他讲起从前的故事，他回应道，不就是方便面嘛，至于这样吗？什么叫"不就是方便面嘛"？当时方便面已经是最好的美味了，你却把方便面藏起来自己吃。即便你这样说，他也还是不以为然。新鲜亮相的方便面让你妈妈亲手制作的全部食物都变得索然无味。妈妈买来新出的方便面，藏在空酱缸里，夜深人静时单独煮给大哥吃。方便面的味道让你和你的兄弟们纷纷睁开了眼睛。那天夜里，妈妈严肃地对循味醒来的你和你的兄弟们说，你们赶快睡吧……你们几个齐刷刷地注视着正要把方便面塞进嘴里的大哥。他觉得不安，便让你们都尝个新鲜。这时妈妈说，别人吃点儿东西，你们倒是鼻子好使！于是往锅里添满了水，又煮了一包方便面，分给了你和你的兄弟们。你们接过汤比面多的碗，心里感到无比满足。你的妈妈擦完了那么多缸，站在从前藏方便面的酱缸前，抑制不住对哥哥的想念，嘤嘤地哭了。

每当哥哥们离家远行，你能为悲伤的妈妈做的也只有高声朗读他们寄来的家信，誊写妈妈口述的回信，在上学路上投进邮筒。既然如此，你怎么会对妈妈从未涉足文字世界的事茫然无知呢？你给妈妈读信，誊写她的话，然而你从没想到妈妈不识字，还要依靠年纪尚幼的你。她的托付被你当成了惯常的使唤，就像她叫你去宅边地里摘蜀葵，或者去油坊买油。你也离家之后，妈妈好像没有再把这件事交给别人。因为你从来没有收到过发信人是妈妈的信。也许是你没写信吧？因为有了电话。你离开家时，里长家安装了公用电话。这是你们村的第一部电话。每天早晨，总有人"啊、啊"地调试麦克风，然后广播说谁家从首尔来电话了，赶快来接。原来用书信传递平安的哥哥们也都打这部公用电话。自从村里有了公用电话，家里有人在外地的人们，无论是在稻田还是在旱田，每当听见麦克风里响起"啊、啊"的声音，便纷纷支起耳朵，互相询问找谁。

母女关系要么是相互间非常了解，要么是比陌生人还要陌生。

直到今年秋天，你始终以为自己很了解妈妈，包括她喜欢什么、生气时怎样才能缓和情绪、她想听什么样的话。如果有人问妈妈在做什么，你可以在十秒钟之内回答，妈妈正在晒蕨菜，或者星期天妈妈去教堂了。然而就在这个秋天，你的想法破灭了。那是妈妈当着你的面收拾屋子的时候，你忽然感觉自己不再是妈妈的女儿，好像变成了妈妈的客人。不知是从哪天开始，妈妈会把掉落在房间里的手巾捡起挂好，餐桌上的食物吃光了，她会赶紧添上新的食物。如果你不提前告知便回到妈妈的家，她会因为院子凌乱或被子不够干净而心生歉疚。打开冰箱看看，妈妈就会不顾你的劝说，执意要去市场买菜。家人，就是吃完饭后，任凭饭桌凌乱，也可以放心去做别的事情。妈妈再也不愿让你看见她纷纭的生计了，于是你也豁然醒悟，原来你已经变成了妈妈的客人。

也许还在更早之前，自从妈妈带你来到城市，你就是妈妈的客人了。送你进城以后，你的妈妈就不再批评你了。这以前她又是什么样呢？哪怕你稍微做错了事，她也会狠狠地责备你。很久以前，妈妈总是黄毛丫头长黄毛丫头短地叫你。这句话通常用于区分你和哥哥们。吃苹果、葡萄时也不例外，而且她还以"黄毛丫头"要求你在走路、衣着和语气方面改正自己的习惯。偶尔，她也会面带愁容，静静地端详着你的脸。为了掸平上完浆的被套，需要拉紧被套的两端，然而没有别人，她必须与年幼的你相对而坐；为了焖饭，她让你往老式厨房的灶坑里填火煤儿。这样的时候，她总是神色忧郁地望着你。那年冬天很冷，妈妈正在水井旁收拾祭祀用的斑鳐的外壳。手里拿着刀的她突然说，你要好好学习，这样才能走向新的世界。那时候的你听懂妈妈的话了吗？她毫不留情地斥责你的时候，你反而更频繁地呼唤"妈妈、妈妈"。这句话里不仅有亲近感，还包含着倾诉，仿佛在说"饶了我吧"。不要只顾训我，您也帮我理理头发，抛开是非对错，站在我身边吧。你不肯用母亲这称呼来取代妈妈，直到妈妈失踪的今天。称呼妈妈的时候，你心里隐隐约约地相信自己的妈妈会永远健康。你相信自己的妈妈有力量，无论什么事都游刃有余。每当你在这座城市里遭遇什么挫折，你也相信妈妈会永远守候在电话那头。

你没有提前告诉妈妈秋天回家的事，并不是因为你不愿麻烦她。如果说了，只会增加她的负担。妈妈的家距离那天早晨你乘飞机前往的P市还很遥远。为了赶乘清晨的航班，天刚蒙蒙亮你就开始洗头了。然而直到出门之前，你还没有要去J市看妈妈的想法。从P市到J市要比你的写字楼所在的城市直接回家的路程更远，交通也不方便。这是你也没有预料到的事。

你到家时，大门洞开，玄关门也敞开了。因为第二天你和他约好了吃午饭,所以你打算搭乘夜班火车回城。这是你的出生之地,也是妈妈的家,然而对你来说这个村庄已经变成了陌生的地方。至于你度过的童年时光的痕迹,也只有残留在水沟里的几棵朴树了。依然挺立的三棵朴树已经成了枯木。正因为这三棵朴树,每次你回妈妈家,放着大路不走,偏偏要走长着朴树的水沟。这条路的尽头正对着你们家的后门。很久以前,小门前面就是村子里的公用水井。后来家家户户都安装了自来水,水井也就被填平了。你还记得那口井。每次跨进小门前,总要在原来的水井附近逗留片刻。你要用脚踩踩坚硬的水泥。从前,这里真的有过不干的水井吗?你的心情变得微妙。那口水井养活了这条胡同里的人们,却依然水波粼粼,如今它藏在黑暗之中,过得怎么样呢?填井的时候,你不在场。有一天,你回到母亲的家,这才发现水井已经消失,水井所在的地方出现了水泥路。直到今天,你仍然无法摆脱水泥之下的水井里有清水荡漾的想象,也许是因为你没有目睹水井被填塞的情景。

你在填平的水井上面踟躇片刻,然后迈进小门,喊了声妈妈。没有人回答。渐渐倾斜的秋日阳光洒满了西向的院落。你进了屋,客厅和房间里都没有妈妈的身影。屋里很乱。饭桌上的水瓶敞开着盖子,杯子放在洗碗池里。客厅地板的席子上倒放着抹布筐,爸爸脱下的落满灰尘的衬衫伸展着袖子,挂在沙发上。房屋朝西,已经有点儿发霉了,然而强烈的夕照还是渗进了这个无人的空间。妈妈!明明知道家里没人,你还是又喊了声妈妈。然后你走出了玄关,结果你在侧院没有关门的库房里发现了她。你的妈妈躺在平板床上。妈妈!还是没有回应。你穿好鞋子,端详着她,然后走进了库房。从库房里看得见院子。很久以前,妈妈在这里酿制酒曲。打通库房旁边的猪圈,库房的用处更多了。墙上挂着搁板,堆放着如今已然无用的厨房用具,下面摆放着玻璃瓶,里面盛着妈妈腌制的食物。她把老旧的平板床挪到了库房。老屋败落,洋房建成,凡是不方便在立式厨房做的活计都在这边进行。比如腌泡菜时把红彤彤的辣椒放在研磨架里研磨;比如割下参差不齐的豆秸翻找豆粒,再磨碎;比如制作辣椒酱、腌泡菜、晾晒酱块。

库房旁边的狗窝空空如也。狗链解开了,散落在地。直到这时,你才恍然顿悟,怪不得走进家门时没有听见狗的动静呢。你搜寻着狗的影子,缓缓走到妈妈身边,然而她还是没有反应。刚才,她大概正在切南瓜,准备在阳光下晒干。菜板、刀和南瓜扔在旁边,破旧的竹篮里盛满了切成大小相仿的南瓜块。起先你还在想,妈妈是不是睡着了?转念又想,她白天没有睡觉的习惯啊,于是细细端详着她的脸庞。妈妈的手背抵着额头,似乎在竭力忍耐什么。她的嘴唇微微张开,眉头紧蹙,双眉之间呈现出粗铁丝般的皱纹。

——妈妈！

她依然没有睁开眼睛。

——妈妈！妈妈！

你跪在她面前，使劲摇晃她。这时，你的妈妈终于微微睁开了眼睛。她的眼睛里布满血丝，额头上凝结着豆粒大的汗珠。你的妈妈好像不知道你是谁。痛苦压抑着她的面颊，凄楚地扭曲变形了。若不是某种看不见的凶险东西砸向你的妈妈，她不会有这样的表情。她又闭上了双眼。

——妈妈！

你下意识地爬上平板床，捧着妈妈悲伤的面颊，放在自己的膝盖上面。你把胳膊伸进她腋窝，不让她的脸颊从你的膝盖滑落。怎么能把妈妈独自扔在这里呢？刹那间，愤怒的思绪掠过你的脑海，仿佛是有人故意把妈妈扔在库房里不管似的。人都是这样自私。那时，你感到无比愤慨，好像以为是别人疏忽了妈妈。然而把她扔在库房里的不是别人，正是你啊。人在过度惊慌之时，往往手足无措。应该先叫救护车，还是把妈妈挪进房间？父亲去哪儿了？种种思绪乱纷纷地涌进脑海，然而你终于什么也没做，只是让妈妈枕着你的膝盖，你低头俯视她的脸颊。你从未见过她如此痛苦扭曲以致惨不忍睹的面容。妈妈紧按额头的手滑落下去，筋疲力尽地喘着粗气。痛苦压抑时咬紧牙关，努力挣脱，待到紧张感倏尔消散，她的手脚蓦地伸直了。妈妈！你的心在怦怦直跳，试图搂紧她的身体。你第一次想到原来妈妈也会死。妈妈静静地睁开眼睛，她的眼神在你身上定住了。她对你的突然出现似乎感到意外。你妈妈的瞳孔纹丝不动。她在努力做出反应。良久之后，她唤出了你的名字。脸色依旧麻木，毫无生气。她隐隐约约地喃喃自语。你连忙侧耳倾听。

——你姨妈死的时候我哭都哭不出来啊。

妈妈血色全无的脸颊是那么空虚，你甚至连句安慰的话都说不出来。

姨妈的葬礼是在春天。你没能参加。不但没有参加葬礼，姨妈求医治病的一年时间里你甚至一次也没有赶去探望。你干什么去了？小时候，姨妈对你视若亲生。每次暑假来了，你总是去和你家一山之隔的姨妈家小住。你的兄弟当中，姨妈唯独对你最好。因为你和妈妈长得最像。姨妈说，你和你妈妈简直是一个模子刻出来的。仿佛是为了重现曾经和妈妈度过的童年时光，姨妈陪着你喂兔子，还把你的头发分成三绺。她做饭时总要在大麦饭里放点儿大米，唯独给你盛的是纯大米饭。到了夜里，她让你躺在她的膝盖上，给你讲古老的故事，你枕着她的胳膊。姨妈已经离开这个世界了,你依然记得她年轻时的体香。到了晚年,姨妈帮助经营面包房的表哥照顾孩子。你的姨妈背着孩子摔倒在楼梯上,送到医院后却被告知癌细胞已经扩散到全身,手也不能动了。你妈妈告诉你这个消息的时候说,可怜的姐姐!

——以前怎么一点儿也不知道呢?

——姐姐她从来没做过体检。

你妈妈偶尔会带着煮好的粥去看望姨妈,喂她吃完再回家。有时妈妈给你打电话说,昨天去看你姨妈了,我熬了芝麻粥,她吃得可香了。你只是静静地听着。姨妈去世后,妈妈最先打电话告诉了你。

——姐姐死了。

——……

——你那么忙,就别回来了。

你没能参加姨妈的葬礼并非因为妈妈的话,而是因为要赶书稿。哥哥参加葬礼回来,跟你说了妈妈的情况。他说他还担心妈妈会悲伤过度,可是她竟然都没有哭泣落泪,也不想去坟地。妈妈她怎么了?哥哥说他虽然觉得这事有点儿奇怪,但还是按照妈妈的意思做了。然而在库房,当满脸凄苦、形容憔悴的妈妈终于苏醒,她却说,你姨妈死的时候我哭都哭不出来啊。

——为什么?想哭就哭吧。

妈妈的脸还是略显麻木，不过渐渐恢复了你熟悉的模样。你略微宽心了。她轻轻地眨了眨眼。

——我现在已经不会哭了。

——……

——头疼得好像要爆炸。

妈妈的脸映在夕阳下，头枕着你的膝盖。你静静端详着妈妈的脸，仿佛在凝视素昧平生的陌生人。妈妈头疼了？疼得哭不出来？曾几何时，她的黑眼睛又圆又亮，犹如即将生产牛犊的母牛，如今却藏进深深的皱纹里，越来越小了。红晕消失的厚嘴唇不仅干燥，还起了泡。你竟不知道妈妈因为姨妈之死而头疼欲裂，欲哭无泪。你抬起孤零零垂落在平板床上的妈妈的胳膊，放在腹部，呆呆地凝望着她操劳终生的手背上渐渐蔓延的老年斑。你心里想，从今往后再也不能说自己了解妈妈了。

那还是你舅舅在世的时候。

曾经浪迹他乡的舅舅回到 J 市，每个星期三都会来找你妈妈。他也没有什么特别的事，只是骑着自行车来跟她见个面，就回去了。有时他都不进屋，站在大门外高喊"妹妹"，问声还好吧，不等妈妈走出院子，他就掉转自行车，径直回去了。据你所知，妈妈和舅舅的感情不是很深厚。在你不懂事的时候，或许在你出生之前，舅舅从你父亲那里借了很多钱，好像一直没有还。妈妈偶尔说起这件事，埋怨他，说因为他欠了钱，她都没脸面对你的姑妈和父亲。虽然是舅舅借的钱，但是他没有还债的事实却让你的妈妈深感痛苦。舅舅杳无音信的四五年里，"你舅舅究竟去哪儿了，在干什么呢"这句话几乎成了妈妈的口头禅。你不知道她对舅舅是担心还是抱怨。那时候妈妈家还没有修成现在的新房子。如今，那座老房子早已从这个世界消失了。它的廊台面朝庭院和大门。那天你也在妈妈家，听见有人推开大门进来的动静，接着有人问，妹妹在家吗？妈妈正在屋里和你剥橘子，听到这个声音，猛地打开房门，快步走了出去。妈妈的脚步太快了。究竟是谁让她这么欢欣？你也好奇地跟在她身后。她站在廊台上往大门口看了看，喊了声"哥哥"，就朝站在门口的那个人跑了过去，连鞋都没有穿好。舅舅。你妈妈风也似的跑上前，用拳头捶打着舅舅的胸口，连声叫着"哥哥！哥哥"。你站在廊台，眼巴巴地望着妈妈。你第一次听见妈妈叫别人"哥哥"，因为提到舅舅的时候，妈妈总是说"你舅舅"。不一会儿，你想明白了是什么让你感到茫然。舅舅并非从天而降，然而当你看见妈妈发出欣喜的鼻音喊着"哥哥"，飞快地跑向舅舅的时候，你为什么会那么惊讶？啊，原来妈妈也有哥哥！你恍然大悟。有时候你想着妈妈，竟会忍不住独自笑起来。比如回想起那天，你的妈妈，你的年迈的妈妈娇柔地喊着"哥哥",跑下廊台的情景。那时候的妈妈是比你更年轻的少女。妈妈的身影深深地印在你的脑海里。原来妈妈也有……你展开了这样的想象。那么理所当然的事情你怎么现在才知道啊。对你而言,妈妈从来就是妈妈。你从未想过,原来妈妈也有蹒跚学步的时候,也有三岁、十二岁,或者二十岁的时光。你只是把妈妈当成妈妈,你以为妈妈天生就是做妈妈的人。看到妈妈喊着"哥哥"跑向舅舅的情景之前,你从来都是这样认为。你对哥哥们怀有的感情,你的妈妈也有。这种领悟渐渐转变,原来妈妈也有童年。好像就是从那时开始,偶尔你会想象出生在1936年,户籍上记录为1938年的妈妈的童年时光、少女时光、青春时光,以及妈妈的新婚,妈妈生你时的情景。

你不能抛下倒在库房里的妈妈独自回城。父亲和国乐院的人一起去了束草,两天后才能回来。妈妈只是暂时摆脱了极度的疼痛,头痛依然严重,还不能开怀大笑。不仅哭不出来,你的妈妈甚至笑不出来了。你要带她去医院,然而她连你的话都听不懂。你扶着她从库房回房间的时候,她走得很慢,好像也是头疼的缘故。过了很长时间,妈妈终于能和你说话了。她说,头经常疼,只是"偶尔"感觉难以忍受。过了那个瞬间,就能忍受了。

哥哥们知道妈妈头痛的事吗?父亲知道吗?

你当时想，回城之后要把妈妈头痛的事告诉哥哥们，然后带她去大医院治疗。妈妈可以活动了。她问你，能不能不回去？不知从什么时候开始，即使回妈妈家，你也只是停留三四个小时，然后马上返回城里。你想起第二天和他的约会，不过你还是告诉她，今天我住在这里。妈妈的嘴角荡起了微笑。

你从 P 市海鲜市场买来了鲜活的章鱼，然而你和妈妈都不知道怎么料理。你们放下章鱼，像从前那样没有花费太多心思去煮饭，然后面对面坐在朴素的餐桌旁边。你和妈妈静静地吃饭，就着泡菜、煎豆腐、炒小银鱼，还有烤海苔。妈妈不时把用海苔包好的饭递给你，你像小时候那样默默地接过来。吃完饭，为了促进消化，你和妈妈绕着屋子散步。虽然已经不是你度过童年的房子，但是前院、侧院和后院仍然相通。后院的酱缸台上摆满了大大小小的缸。小时候，那些缸里分别盛着酱油、辣椒酱、盐和豆酱，如今缸里都空了。妈妈和你一前一后地走着，在前院、后院转了几圈。妈妈好像想起了什么，问你为什么突然回家。

——去了 P 市，然后……

——P 市离这里挺远的，不是吗？

——嗯。

——应该比从首尔回来还远吧。

——是的。

——平时都没时间回家，怎么会想到从 P 市转到这里呢？

你没有回答，只是在黑暗中找到妈妈的手，紧紧握住，仿佛抓住的是掉落的绳子。你也不知道应该怎样解释自己的心情。你对妈妈说，清晨你去 P 市的盲文图书馆演讲。盲文图书馆？妈妈问道。你说眼睛看不见的人用手摸索着阅读的文字，就是盲文。她点了点头。你和妈妈又绕着前院、后院和侧院转了几圈，你告诉她去 P 市的事。早在几年前，那所盲文图书馆的管理员就邀请你去演讲，但是很不凑巧，每次都和别的事情相冲突，因此你始终没有答应下来。今年初春，那边又打来电话，当时你的新书要出版了。盲文图书馆的管理员说想把你的新书做成盲文书。盲文。你对盲文一无所知，是个门外汉。就像解释给妈妈的那样，盲文就是眼睛看不见的人使用的文字。你也只是了解这点常识。我们想把您的新书做成盲文书。你茫然地听着管理员的话，就像以前想象着自己读不懂的其他书。这时管理员说，希望您能允许把这本书做成盲文书。如果管理员没有使用"允许"这两个字，也许你这次还是不会去盲文图书馆。管理员说的"允许"二字触动了你的心。眼睛看不见的人想读我写的文章，想用他们能够读懂的文字做成图书，希望得到我的允许。想到这里，你立刻浑身无力。好吧，你回答。管理员说盲文书将在十一月份完成，"盲文日"就在十一月份。他还说，希望那天您能亲临图书馆举行图书捐赠仪式。怎么会这样呢？你有点儿疑惑，还是不得不答应，好的。这里面还有个原因，当时正值初春，你感觉十一月份还很遥远。时间不停地流逝，春天和夏天过去了，秋天来了，转眼就到了十一月。那天来了。

只要深思熟虑，世界上大部分的事情都可以预见得到。如果认真思考，即使那些看似意外的事情也在情理之中了。经常发生意想不到的事情，只能证明你对那件事没有深思熟虑。如果你对盲文图书馆多点关注、多点思考，那么你去盲文图书馆的事，以及在那里遇到的事也就不难预测了。谁知整个春天、夏天和秋天，你都忙得脚不沾地。即使赶往盲文图书馆的当天，你也没时间去想即将见到的那些人，而是战战兢兢，担心在约定的上午十点之前赶不到。你好不容易赶上八点钟出发的航班，到了 P 市，乘坐出租车去了盲文图书馆。你走进会客室，馆长在志愿者的带领下坐到你面前。谢谢光临，他郑重地伸出手，向你问好。你努力掩饰自己的紧张，愉快地说了声"您好"，握住了他的手。他的手很柔软。活动开始前，馆长一直在谈你写的书。他眼睛看不见，却读了你的书。你面带微笑，不停地点头。尽管他看不到你的微笑，也看不到你在点头。那天是盲文日，属于他们的节日。你走进讲堂，里面已经坐满了四百多人，还有人在志愿者的带领下刚刚走进来。有中年男女，有老人有青年，唯独没有孩子。活动开始了，几个人轮流站出来讲话，接下来是向几个人表示感谢。你的做成盲文的书被提了名，你走到前面去接书。通过图书馆馆长，盲文书到达你手中。版式比原来大出两倍，却比原来的书轻盈。活动继续进行。等到向读书最多的人颁发奖牌的时候，你打开了用盲文制作的书。顿时，你呆住了，白花花的纸上印着无数的点。你感觉像是坠入了黑洞。因为是自己熟悉的楼梯，所以看也没看，不假思索地走了下去，结果一脚踩空，滚落到了下面。你就是这样的感觉。针眼大小的盲文在白纸上乱舞，你什么也看不懂。你对妈妈说，你翻过第一页，翻过第二页，翻过第三页，然后合上了书。你的妈妈认认真真地听你说话，于是你继续说了下去。活动最后，你站在他们面前，讲述自己的作品。你坐着，盲文书放在膝盖上。听见主持人喊出你的名字，你就拿着书走上前。书被你放在讲台上，你望着下面的人们。那一刻，你有种毛骨悚然的感觉。站在四百多个眼睛看不见的盲人面前，你不知道自己的视线应该投向何方。

——后来怎么样？

妈妈问道。

会上给你安排了五十分钟的演讲时间，你觉得这五十分钟太漫长了。你说话时必须看着某个人。根据对方的眼神，你可能说完自己想说的话，也可能只说半截。面对有些目光，你甚至会说出以前从未说过的事。你这样的性格,妈妈知道吗?站在四百多个盲人面前,你不知道该凝视哪双眼睛,也不知道从何说起。有的眼睛闭上了,有的眼睛半睁着,还有的戴着有色眼镜,有的爬满皱纹的眼睛似乎在注视着紧张的你。所有的眼睛都盯着你,却什么也看不见。面对着这些眼睛,你是那么孤独。你甚至怀疑,面对这样的目光,阐述作品又有什么意义。但是,如果讲别的事情——比如人生在世之类的话题——却也不太妥当。若要说起人生的话题,他们讲给你听要比你讲给他们听更合适。你茫然失措。你对着麦克风说的第一句话是,我该说点儿什么才好呢?他们笑了。随便说什么都好,这似乎是他们的笑容的含义。也许是想帮助应邀前来演讲的你缓解紧张情绪?有个四十五六岁的男人说,您不是来谈作品的吗?那个男人看向讲台上的你。他的眼睛紧紧闭着。你望着他紧闭的双眼,讲起了收录在书里的作品,你的写作动机和写作过程中的内心变化,以及写完之后对这本书的期望。令你惊讶的是,他们比以往遇到的任何人都更认真地听你说话。他们聚精会神,侧耳倾听,从他们的动作可以感觉得到。有人点头,有人向前伸出了脚,有人上身前倾。对于他们的文字你懵懂无知,他们却读了你写的书,向你提问,还发表自己的感想。你对妈妈说,以前从来没见过有人像他们这样对你的作品表现出如此友好的态度。从头到尾安安静静地听你说话的妈妈开口了。她说，那些人眼睛看不见，还是读了你的书。妈妈和你之间流过沉默。沉默转瞬即逝，她让你继续说。演讲结束时，他们中有人举手，问你可不可以提问。你说可以。他的眼睛看不见，却喜欢旅行，妈妈。妈妈认真听你说话。他什么也看不见，能去哪儿旅行呢？突然间，你茫然失措了。他说你以前有部作品以秘鲁为背景，叙述人去了一个叫马丘比丘的地方，那里出现了火车朝后奔跑的情节。他说读了这部作品之后，心里有了去秘鲁乘坐那种火车的梦想。他问你，你亲自坐过那辆火车吗？他提到了你十几年前写的作品。有时你打开冰箱，突然忘了要拿的东西，于是把头伸进冰箱流出的冷气中站上片刻，再关上冰箱的门。现在，你却滔滔不绝地讲述十几年前，也就是写这部作品之前去秘鲁旅行的情景。秘鲁首都利马，被称为"宇宙肚脐眼"的库斯科，清晨乘坐前往马丘比丘的火车的圣佩德罗火车站，还有那辆时而后退时而前进，反复数十次才向着马丘比丘出发的火车。你对妈妈说，很多早已遗忘的地名、国名和山脉名称，竟然都清晰地说了出来。你从未见过那样的眼睛，仿佛可以理解和包容你所有的缺点。你感受着他们的善意，吐露了有关这部作品的秘密，从来没有说过的秘密。这是什么意思？妈妈问。你回答，你对他们说，如果现在重写那部作品，也许不会那样写了。这有那么重要吗？妈妈又问。这意味着我否定了自己拥有的一切，妈妈！你觉得孤独,找到妈妈的手,紧紧地握住了。妈妈在黑暗中呆呆地看了看你,对你说,这样的话为什么不能说?想说什么就说出来。她抽出手来,抚摸你的后背,像小时候用她的大手为你洗脸一样。妈妈夸你讲得真好。我吗?她点了点头。你说得很有趣,她又说。我说得有趣?是啊……很有趣。我说得有趣?你的心微微一颤。你意识到并不是自己讲得有趣,而是去盲文图书馆之前和之后,你跟妈妈说话的方式发生了变化。自从进入城市之后变化很多,你跟妈妈说话的时候总是气呼呼的,好像觉得她什么也不懂。妈妈不无责怪地问你,为什么要这样?你懂什么。你漫不经心地说。自从知道妈妈已经无力训斥你之后,每当她问你为什么要去某个地方,你总是简短地回答,有事。别的国家翻译出版了你的书,或者某个国家举办学术研讨会,你要乘飞机去国外的时候,妈妈问你,到那儿干什么?你也只是淡淡地说,有事。妈妈让你不要坐飞机。万一出事,要死两百多人,为什么还要坐啊?你说,有事,必须坐飞机。她又问,你怎么那么多事啊?谁说不是呢,妈妈。你爱搭不理地回答。你觉得跟妈妈说自己的事情很麻烦,似乎认为自己所做的事和妈妈的生活毫无关系。可是当你谈到面对盲文时的茫然,站在四百多个盲人面前时的狼狈,妈妈仿佛忘记了头疼,耐心地倾听着。上次像这样耐心地跟妈妈谈论自己的事情是什么时候呢?不知不觉间,你和妈妈的对话变得简短了,而且不是面对面地交谈，通常是通过电话。说话内容主要是：吃饭了吗？身体还好吧？父亲怎么样？小心别感冒，我给你们寄钱了。妈妈说话的内容差不多都是我给你腌好泡菜寄去了，我做了噩梦，我给你寄了米，我给你寄了清曲酱，我给你熬了益母草寄过去了，快递员会给你打电话的，不要关机，等等。

你的某部作品被做成了盲文，变成了四本。手里拎着装了盲文书的纸袋，你和他们告别。距离飞机起飞还有两小时。你想起站在讲台上回避他们视线的时候，目光转向窗外，意外地看见停泊着大小船只的港口。既然附近有港口，应该也有海鲜市场。你上了出租车，告诉司机去海鲜市场。每到外地，只要有空闲时间，你就喜欢逛市场。即使不是周末，海鲜市场里也人来人往。没等走进市场，你就看见两个人正在宰杀一条如同中型汽车大小的鱼。那条鱼太大了。你问他们是不是金枪鱼，商人说是翻车鱼。你想起一部忘了题目的文学作品，每当出生于海边的女主人公感到痛苦的时候，就去城市里的大型水族馆，和水里的翻车鱼对话。女主人公的妈妈拿了她的积蓄，跟着比自己年轻的男人去了别的城市。她抱怨妈妈，诅咒妈妈，然而很快又对翻车鱼说，可我还是想妈妈，这句话我只能对你说呀，翻车鱼。这东西就是翻车鱼吗？名字也这么独特。你就是翻车鱼？你想确认。商人说这种鱼也叫曼波鱼。曼波呀！听到"曼波"的瞬间，你的紧张感总算渐渐缓解了。从你走进盲文图书馆的瞬间，这紧张感就压抑着你，直到你和他们告别。走过脑袋比人脸还大的活生生的章鱼和生龙活虎的鲍鱼，走过比首尔便宜三倍的带鱼、鲐鱼和花蟹，你为什么想起了妈妈？因为翻车鱼吗？这是你第一次在海鲜市场想起妈妈，还想起为了准备腊月的祭祀，你和妈妈在井边剥斑鳐皮的事。你们剥去紧贴着鱼肉的粗糙鱼皮，妈妈的手冻僵了。店铺门口挂着煮熟的章鱼，大小和小孩子的身高差不多。你从那里走过，花了一万五千元买了一条活章鱼。你还买了鲍鱼。虽然鲍鱼是西餐，但它毕竟吃裙带菜和海带长大。你说要带回首尔。鱼贩说只要再多花两千元，就可以把鱼盛在带冰的盒子里。你提着盛有活章鱼和鲍鱼的冰盒子，走出海鲜市场，距离飞机起飞还有些时间。你一手拿着他们制作的盲文书，一手提着冰盒子，坐上了出租车。这次你要去海边。从海鲜市场到可以踩沙滩的海边只有三分钟路程。十一月的海边空空荡荡，只有两对恋人在这里约会。沙滩很长，你走到沙滩与海水相接的地方，有两三次差点儿跌倒。你坐在细沙上面，海水近在眼前。你呆呆地坐着看海，不经意地回头看去，刚才下车的路对面到处都是商铺和公寓，面朝大海。你心里想，在闷热的夏夜，当地人可以跳进大海，洗完海水浴再回家。看了会儿大海，你无意间从纸袋里翻出一本盲文书，打开来看，满满当当的小点在十一月的阳光下闪闪烁烁。

在海边的阳光下，你用手指着读不懂的盲文，回想着第一次教你识字的人是谁。二哥。你和二哥趴在老房子的廊台上，妈妈站在旁边。二哥性情温和，也是最听妈妈话的孩子。妈妈让他教你写字，他不敢违抗，只是觉得有些无聊，反复教你写阿拉伯数字和子音母音。你是左撇子，写字也想用左手。每当这时，二哥就用竹尺打你的左手背。这也是妈妈的指示。你用左手和左脚更舒服。妈妈却说，喜欢用左手的人会受很多苦。你在厨房用左手盛饭的时候，妈妈夺过勺子，帮你放进右手。你仍然用左手，于是妈妈夺过勺子，打你的左手，你怎么这么不听话！你的左手肿了。即便如此，你还是趁二哥不注意，迅速把铅笔从右手挪到左手，画了两个圆圈，写成8。然后，你又把铅笔挪回右手。哥哥立刻就发现你写的不是8，而是拼凑了两个圆圈。他让你伸出手掌，用竹尺打你的手作为惩罚。每当你跟二哥学识字时，妈妈就一边缝袜子或者剥蒜，一边看着趴在廊台上写字的你。上学之前，你学会了写自己的名字和妈妈的名字。你终于可以翻开书本结结巴巴地阅读时，妈妈的脸上笑开了花。此时此刻，妈妈的笑脸和你读不懂的盲文重合了。你从海边沙滩上站起身来，没有拍打沾在屁股上的沙子，而是背对大海加快了脚步。你放弃乘坐飞往首尔的航班，改乘火车，前往妈妈的家所在的J市。你在心里想着，我已经两个季节没见到妈妈了。

你想起了很久以前的那间教室。

那天，六十多个孩子在填写小升初的入学志愿书。如果不填，就不能升初中了。你也属于不填志愿书的孩子。你并不清楚不能升学意味着什么。你想得更多的是前一天夜里妈妈对卧病在床的父亲大喊大叫的事。妈妈大声对病床上的父亲说，生在这样的小山村，又家贫如洗，如果不让女孩上学，以后怎么在这个社会上立足。父亲起身走出了大门。妈妈拿起放在廊台上的饭桌，扔到了院子里。送孩子上学的能力都没有，这日子过得还有什么意思，毁了算了。你觉得只要妈妈别发脾气就好，至于自己上不上学倒无所谓。妈妈扔掉饭桌似乎还不解气，又打开库房门，重重地关上，挥手猛扫晾衣绳，将衣服打落在地。然后，妈妈走向站在井边不知所措的你，摘下戴在头上的毛巾，放在你的鼻子前面，擤擤鼻涕吧。妈妈常常裹在头上的毛巾散发出浓浓的汗味，你不想擤鼻涕，也不想对着那条充满汗味的毛巾。妈妈总是让你使劲擤鼻涕。你迟疑不动。妈妈说，只有这样才不会流眼泪。也许是你哭丧着脸看妈妈的缘故吧。妈妈让你擤鼻涕，其实是让你不要哭。你耐不住妈妈的强求，对着她递过来的毛巾使劲擤起了鼻涕。妈妈的毛巾散发出的汗味又混合了你的鼻涕。妈妈戴着你擤过鼻涕的毛巾，出现在教室里。她跟班主任老师说了几句什么，老师马上递给你一份初中入学志愿书。你在志愿书上写下自己的名字，抬头看时，妈妈正隔着走廊的玻璃窗往你这边看呢。妈妈和你四目相对。她摘下头上的毛巾，晃了几下，脸上露出灿烂的笑容。妈妈唯一的宝贝就是戴在左手中指的黄色戒指。给你缴初中学费的时候，她左手中指上的戒指不见了，只留下深深的印痕。

头痛随时都会袭击妈妈的身体。

那天夜里，你因为口渴从梦中醒来。你的书在黑暗中悠悠地看着你。跟随迎来公休年假的他去日本，并且要在那里生活一年。你开始整理行李，却发现最大的问题就是书。怎么办呢？想来想去，你把大部分陪伴自己多年的书籍都送到了妈妈家。收到之后，妈妈专门腾出房间，摆放你的书。后来，那些书就再也没有被拿走。每次回妈妈家，脱下来的衣服和手提包都被你放在这个房间。留在这里过夜时，妈妈就把这个房间收拾出来。你在朦朦胧胧的黑暗中抬头望望书，然后去了厨房。喝了点水，你回到房间，想看看妈妈睡得好不好，于是悄悄推开她的房门。被子里面好像是空的。你喊了声，妈妈！没有人回答。你摸索着按下电灯开关，妈妈不在房间。你打开客厅的灯，推开卫生间的门，妈妈也不在。妈妈！妈妈！你连声呼唤，同时推开玄关，走进院子。夜风渗进了衣服。你打开庭院的灯，连忙看了看库房里的平板床，妈妈躺在那里。你沿着连接庭院的台阶跑下去，跑到妈妈跟前。像白天一样，妈妈眉头紧皱，手放在额头上睡着了。她赤着脚。也许是冷了，十只脚指头向里蜷缩。和妈妈共进简单晚餐的时光，和妈妈绕着房子散步时说过的话，纷纷支离破碎了。十一月的夜晚，你拿来被子，盖在妈妈身上，又拿来袜子，帮她穿好。你坐在妈妈身旁，直到她醒来。

妈妈钻研农活以外的赚钱途径，后来就在库房里添置了酒曲机。从田里收回的麦子粗粗地碾碎，加水混合，放在机器里榨成酒曲。酒曲发酵的时候，家里到处都弥漫着酒曲的腐烂气味。没有人喜欢那味道，妈妈却说酒曲的味道就是钱的味道。村里有户做豆腐的人家，妈妈把发酵的酒曲送到那里，他们帮忙送到酿酒厂，拿到钱再给妈妈。挣来的钱被妈妈放在白瓷碗里，上面再摞十七个碗，再放到橱柜最上层。瓷碗就是妈妈的银行。不仅做酒曲赚来的钱，只要有钱，妈妈就放到那里面。你拿回学费单的时候，妈妈就从里面拿出积攒的钱，放在你的手里。

第二天早晨睁开眼睛，你在库房的平板床上睡着了。妈妈呢？你四下里看看，妈妈不见了，厨房里传来切菜的声音。你赶紧起身，走进厨房。妈妈正要切菜板上的萝卜。她手里的刀看起来很危险。平时她做凉拌菜的时候，即使不看刀，也能切得很熟练，现在不是了。妈妈抓着刀柄的手很不稳，刀柄总是碰不到萝卜，滑下菜板。这样下去，恐怕切到的不是萝卜，而是她的拇指。妈妈！等一等！你看不下去了，接过她手里的刀。我来切，妈妈。你走到菜板前。妈妈迟疑片刻，还是离开了菜板。从冰盒里拿出的章鱼放在水池的铁篮子里，已经死了。煤气灶上放着不锈钢蒸锅。妈妈把萝卜平铺在锅底，好像是想蒸章鱼。章鱼不是蒸的，应该是煮的吧？你想问，但是没有说出口。妈妈把你切好的萝卜铺在锅底，上面放好蒸架，把整条章鱼放在上面，盖好盖子。这是她长期以来的习惯。妈妈对鱼不太熟悉，也叫不出准确的名称。对于她来说，什么鲐鱼、秋刀鱼、带鱼统统都是"带腥味的东西"。这和豆类形成了鲜明的对比，妈妈能把黄豆、芸豆、白豆、黑豆分得清清楚楚。只要家里有鱼，她就先用盐腌，然后蒸着吃，从来不会切成生鱼片，不烤，也不炖。即便是鲐鱼或带鱼，也是先用放了辣椒粉、蒜末和青椒的调味料腌制，再放在淘米水上面蒸。不管是过去还是现在，你的妈妈从来不吃生鱼片。看到吃生鱼片的人，她都会眉头紧皱，好像在说"竟然生吃鱼，太不像话了"。从十七岁到现在,每次处理斑鳐,妈妈都采用蒸的方式。看来这次也要蒸章鱼了。不一会儿,厨房里弥漫起了萝卜和章鱼蒸熟的味道。看到妈妈在厨房里蒸章鱼的样子,你想起了斑鳐。

妈妈的家所在的地方,每当祭祀的时候,都少不了斑鳐。经过夏天的两次祭祀,还有冬天的两次祭祀,妈妈的一年才算过完。再加上春节和中秋节的两次,妈妈每年都要坐在井边剥六条斑鳐。妈妈买回来的斑鳐大多是锅盖般大小。如果某一天她从市场买回红斑鳐,放在井边,那就意味着祭祀的日子临近了。冬天祭祀的时候,地面遇水就结冰。这样的天气,剥斑鳐皮真是苦差事。你的手很薄,妈妈的手很厚。她用冻得通红的手握住刀柄,对准斑鳐。你用柔弱的手指拉下鱼皮。如果鱼皮顺利剥掉,那是最好不过了,可是常常连三厘米都不到就断开了。妈妈不得不把刀柄重新对准断开的位置。你们撅着屁股,蹲在结冰的井边剥斑鳐皮。这是老屋冬天里的风景。同样的场面每年都会重复,仿佛录像带反反复复地播放。有一年冬天,你和妈妈相对而坐。她怔怔地望着你美丽的手,说,我们不剥这东西了怎么样?说着,她停了下来,果断地用刀把斑鳐切成小块。那一年,祭祀桌上破天荒地出现了没有剥皮的斑鳐。父亲问,斑鳐怎么这个样子?妈妈回答说,这是一模一样的斑鳐,只是没剥皮罢了。祭祀用的食物应该精心制作才行啊⋯⋯姑妈在后面抱怨。那你剥好了,妈妈也不示弱。第二年，不管发生了什么倒霉的事情，都归咎于出现在祭祀桌上的没有剥皮的斑鳐。柿子树不结柿子，哥哥玩飞棍游戏时被飞来的棍子戳伤了眼睛，父亲生病住院，表兄弟之间打架，都是因为妈妈在祭祀的时候没有诚意，没有剥掉斑鳐皮。姑妈满腹牢骚。

蒸好了章鱼，妈妈放在菜板上，准备用刀切开。刀又偏了，就像刚才切萝卜的时候。我来吧，妈妈。你又接过妈妈手里的刀。你把热乎乎透着萝卜味的章鱼切成小块，夹起一块，蘸了酸辣酱，递给妈妈。这是妈妈经常对你做的动作。每当这时，你总想用筷子接过来。妈妈说，这样味道就不好了。来，像这样，啊——妈妈想用筷子接章鱼，你说，妈妈，这样味道就不好了。来，像这样，啊——妈妈张开嘴巴，你把蒸好的章鱼块送到她嘴里，自己也吃了一块。章鱼热乎乎的，很酥、很软。怎么大清早就吃章鱼？你有点儿疑惑。妈妈和你站在厨房里，用手拿着章鱼吃。你嚼着章鱼，眼睛看着妈妈每次想要拿起章鱼却总是抬不起来的手。你又帮她拿起一块。后来，妈妈索性放弃自己取章鱼，等着你把章鱼塞进她的嘴里。妈妈的手看起来绵软无力。你嚼着章鱼，叫了声母亲。这是你第一次称呼妈妈为"母亲"。母亲，今天跟我去首尔吧。你妈妈说，我们还是去爬山吧。

——爬山？

——是的，爬山。

——这里有爬山的地方吗？

——我自己开出的山路。

——去首尔看病吧。

——以后再说吧。

——以后，什么时候？

——等老大考完试。

妈妈说的"老大"指的是大哥的女儿。

——不用哥哥他们，我陪你去医院就行了。

——没事……我现在还没事，经常去韩医院……也做了物理治疗。

你说服不了妈妈。妈妈坚持以后再去首尔。妈妈呆呆地看着你，问你这个世界上最小的国家在哪里。

——最小的国家？

妈妈冷不丁地问起世界上最小的国家在哪里。你看着她，忽然觉得很陌生。这回是你呆呆地看着妈妈，心里忖度她的问题，世界上最小的国家在哪里呢？妈妈立刻神情淡然地对你说，如果以后有机会去那儿，帮我带串蔷薇念珠回来。

——蔷薇念珠？

——就是用蔷薇树做的念珠。

妈妈无力地看着你。

——妈妈需要念珠吗？

——不是……我就是想拥有那个国家的念珠。

妈妈停顿了一下，深深地叹了口气。

——如果有机会去的话，帮我带回来。

——……

——你什么地方都能去的，不是吗？

你和妈妈的对话到这里就停下了。你什么地方都能去的，不是吗？说完这句之后，妈妈在厨房里就没再说话。你们母女俩用蒸章鱼当早饭，吃完就走出了家门。你们翻过后山上的几个田埂，踏上了山路。虽然没有几个人走，但这里还是形成了小路。槲树和麻栎树的树叶落在地上，堆得很高，走在上面发出沙沙的响声。偶尔沿着山路倒伏的树枝打在你们脸上。走在前面的妈妈不时把树枝推向后面。等你过去，妈妈再松开树枝。鸟扑簌簌地飞走了。

——妈妈经常来这里吗？

——嗯。

——和谁？

——还能和谁，哪有人陪我来啊！

妈妈独自走这条路？你再次觉得自己真的不了解妈妈。这条小路阴森森的，实在不适合一个人走。有的地方修竹茂盛，遮住了天空。

——为什么自己来这里？

——你姨妈死后，我到这里来过一次，然后就经常来了。

两个人不知走了多久。走到一个小丘，妈妈停下了脚步。你走到她身边，顺着她的视线望去，忍不住大喊，啊，是这条路！就是这条路吗？你早已把这条路忘得干干净净了。这是小时候去外婆家常走的近路。后来村里修起了贯穿整个村庄的大路，人们也还是喜欢走这条山路。有一次去祭祀，你用绳子捆住院子里的一只鸡，带着去外婆家。谁知道半路上鸡跑了，你到处追赶，当时走的就是这条路。鸡跑了，再也不可能追回来了。那只鸡跑到哪里去了呢？这条路已经变了这么多。原来闭着眼睛也能找到的路，现在如果不是看到丘陵，你恐怕都认不出来了。站在丘陵上，妈妈往外婆家的方向看去。如今那里已经没有人住了。原来的五十家住户都搬到别的地方了，剩下几栋没有倒塌的空房子，也已经绝了人迹。妈妈独自来到这里，就是为了看一眼已经渺无人迹的童年村庄吗？你环抱住妈妈的腰，再次请求她跟你去首尔。她没有回答，却说起了珍岛犬。看到狗窝里没有了狗的影子，你也觉得奇怪，只是还没来得及问。一年前的夏天，你回到家，发现库房旁边拴着一条珍岛犬。天很热，珍岛犬被拴得太紧了，气喘吁吁，感觉像是要死了。你让妈妈解开狗链。妈妈说要

第一章 没有人知道　　　　　　　　　　　　　043

是解开狗链，别人就不敢从前面走了。在农村，竟然把狗用铁链拴住……当时你刚刚回家，还没等和妈妈打招呼，就先因为狗的问题和妈妈争吵起来。为什么要把狗拴起来？放开它。这是你的主张。妈妈却说，虽然是在农村，但现在也没有人散养狗了，每家每户都拴着，如果放开，狗就会跑出家门。那就用绳子拴长点儿好了，拴得那么紧，天气这么热，让狗怎么活。虽然是不会说话的畜生，也不能这么对待。你反驳妈妈。她说家里只有这一条狗链，可能是以前用过的链子。买一条不就行了吗！你好久没回妈妈家了，这次没等进门，转身就开车去了市里，买回了长长的狗链。即使把狗拴起来，它也可以轻松地转到侧院。买回狗链一看，狗窝也太小了，你又说要去买狗窝。妈妈拦住了你，说邻村有木工，让他给做个狗窝就行了。在你妈妈看来，花钱给牲畜买窝简直是不可思议的事情。搭上几块木板，抡几下锤子就能解决的问题，竟然还要花钱，看来你真是钱多得花不完了。这是妈妈的想法。动身回城的时候，你把两张十万元的支票递给妈妈，让她务必给珍岛犬做个宽敞的狗窝。她答应了。回到首尔以后，你又给她打了好几次电话，问狗窝有没有做好。你妈妈完全可以谎称做好了，然而她每次都说，马上就做，马上就做。第四次打电话的时候，听见她还是重复这句话，你勃然大怒。

——我不是给你钱了吗？乡下人太过分了，对待小狗一点儿同情心也没有！那么小的地方怎么住啊！再说天又这么热。狗在里面拉了屎，弄得到处都是，也没有人清理……那么大一条狗，在那么狭窄的地方怎么过？要么就把它放在院子里！你不觉得狗很可怜吗？

电话那头没有动静。"乡下人太过分了"这句话说完以后，你自己也后悔了，何必要说这种话呢。这时，妈妈愤怒的声音从电话那头传来。

——你眼里只有狗，没有我这个妈妈吗？在你眼里，你妈妈就是虐待狗的人吗？不用你管！我爱怎么养就怎么养！

妈妈先挂断了电话。每次都是你先挂断。妈妈，以后我再打给你。这样说过之后，有好几次都没有再打过去。你没时间听她说完所有的话。这次是妈妈先把电话挂断了。你离家以后，妈妈也是第一次对你发火。自从你离开她身边，她总是跟你说，对不起，是妈妈无能，不能照顾你，把你交给你哥哥。只要你打电话，她就会千方百计多说几句。妈妈先挂断了电话，然而最让你难过的并不在此，而是她养狗的方式。妈妈怎么会变成这样了呢？你在心里埋怨她。妈妈每天都要照看家里的各种家畜，来首尔之前都是想着多住些日子，然而每次不超过三天就要回家，因为要回家喂狗。可是现在，妈妈怎么变得这么冷漠呢？你甚至对无情的妈妈感到不耐烦了。三四天之后，妈妈先给你打了电话。

——以前你不是这个样子,现在你变得无情了。妈妈挂断了电话,你应该再打过来才对,怎么可以和妈妈僵持呢?

你不是僵持,而是很忙,没时间想得太久。有时候你会突然想起因为愤怒而挂断电话的妈妈,想着应该给她打个电话,然而总是因为乱七八糟的事情而推迟了。

——有学问的人都是这个样子吗?

妈妈冲你吼过之后,又把电话挂断了。中秋节,你回妈妈家的时候,库房前面放着个大大的狗窝,狗窝里面铺着松软的稻草。

——十月份,我在厨房的洗碗池里淘米,准备做早饭,感觉有人拍我的后背。回头看看,一个人也没有。连续三天都是这样,明明感觉有人拍我,回头看看又什么也没有。大概是第四天,早晨我睁开眼睛就去厕所小便,发现狗躺在厕所旁边。你说我虐待狗,还发了脾气。其实这是一只在铁路边流浪的狗,浑身的毛都掉光了。我见它可怜,就带回了家,拴起来,喂它吃了东西。要是不拴起来,不知道它会跑到哪里,说不定会被人抓去杀了吃掉……刚开始我以为它在睡觉,可是我走过去碰了碰,一动也不动。它死了。前一天还吃了很多,直摇尾巴,现在却死了,好像睡着了。也不知道它是怎么挣脱狗链的。刚带回家的时候,胸口只有骨头,后来长出了肉,毛也有光泽了。它很聪明,还会逮田鼠呢。

妈妈叹了口气。

——听说收养黑脑袋的野兽会遭到背叛,收养狗却会得到回报。那条狗是替我走了。

这回是你在叹气。

——今年春天,我布施给路过的僧人,他说今年我们家会少一口人。听了这句话,我的心里七上八下。整整一年,我总是放不下这句话。阴曹使者好几次来找我,每次都说要吃饭,我就淘米,结果阴曹使者放弃了我,把狗带走了。

——妈妈你说什么呢,信仰天主的人怎么会说出这种话?

你想起了库房旁边空空如也的狗窝,还有散落在地的狗链。你的心情变得怪异起来,搂住了妈妈的腰。

——狗埋在地底下了,埋得很深。

你的妈妈是个很会讲故事的人。祭祀的夜里,住在附近的姑妈和婶婶们用水瓢盛着米送来。那时候粮食很宝贵,她们以这种方式帮助你妈妈准备祭祀。祭祀结束以后,你妈妈在亲戚们送米的水瓢里装上祭祀用的食物,还给她们。祭祀的时候,所有盛着米的水瓢都放在旁边。祭祀结束了,你妈妈说小鸟飞落到姑妈、婶婶们带来的米上面,停留了一会儿,然后飞走了。你不相信妈妈的话,她就说,我是亲眼看见的!总共有六只鸟,那些鸟分明是前来吃祭祀食物的祖先！众人一笑而过。听她这么一说，你看了看盛米的篮子，似乎真的发现了鸟儿留在白米上的脚印。有一次，妈妈大清早带着食物去山田，却发现有人趴在地上拔草。妈妈问她是谁，她说是过路人，看到田里草太多了，就想帮忙拔掉。于是，妈妈就和陌生人一起努力拔草。出于感激，还跟那个人分享了带来的食物。她们一边聊天，一边拔草，直到天黑才分开。回家以后，妈妈跟姑姑说了自己和陌生人干活的事，还干了一整天。姑姑的脸色僵住了，问那个人长什么样，然后说她是这块地多年以前的主人，拔草的时候被晒死了。当时你也在听她们说话，就问妈妈，妈妈你和死人拔了一整天的草？妈妈，你不怕吗？她若无其事地说，有什么好怕的，我一个人恐怕要两三天才能拔完，她帮了我的忙，感激还来不及呢。

　　头痛似乎要把你的妈妈吞噬。她的活力和生机被急速耗尽，卧床时间越来越久。百元赌注的花斗牌戏是妈妈为数不多的娱乐之一，然而现在，似乎连打牌也无法集中注意力了。你妈妈做所有的事情都变得迟钝。有一次，她把抹布放进燃气炉上面的锅里，想要煮干净，突然坐在厨房地上，站不起来了。煮抹布的锅干了，抹布煳了，厨房里浓烟弥漫，她仍然没有醒过来。如果不是邻居看到你家冒烟觉得奇怪，进来看个究竟，说不定你家早就被大火吞没了。

　　看到妈妈深受头痛折磨，生了三个孩子的妹妹很认真地问你，姐姐，妈妈真的喜欢厨房吗？你问妹妹，怎么会想到这个问题。你妹妹说，也许妈妈并不喜欢厨房。妹妹是药师，她在怀着第一个孩子的时候开了药店。嫂子给她帮忙看孩子，住的地方却离药店很远。孩子出生以后，经常住在嫂子家。你妹妹很喜欢孩子，可是为了经营药店，她不得不维持每周只能见孩子一面的状态。妹妹和孩子分别的场面很伤感，比生离死别还悲惨。问题似乎不在孩子，而在他的妈妈，也就是你的妹妹。孩子差不多适应了环境，然而你妹妹周末陪完孩子再送到嫂子家时，总是会痛哭流涕，眼泪打湿了握着方向盘的手背。星期一，她常常眼睛红肿着站在药店里。既然这样，药店还有必要继续经营下去吗？你甚至这样劝说妹妹。她生了第二个孩子，药店仍在营业。直到妹夫要去美国进修两年，她才放弃了经营药店。她说这对孩子来说会是不错的体验，于是匆匆处理好首尔的大小事务，飞去了美国。你在心里暗自期待，好了，去美国休息些日子吧。妹妹结婚以后，从来没有停止工作。她在美国又生了个孩子，然后回国。包括自己在内的五口人，都要靠她做饭。她说他们曾经在一个月里吃掉了二百条黄花鱼。一个月吃二百条黄花鱼？每天都吃黄花鱼吗？你问。妹妹说是的。寄去的家具还没有到，刚搬的新家还很陌生，而且吃奶的孩子时刻不离左右，妹妹连去市场的时间都没有。婆婆把调好味、晒干的小黄花鱼成箱成箱地寄给他们，然而不到十天就吃光了。煮豆芽汤，然后烤黄花鱼。或者煮南瓜粥，然后吃烤黄花鱼，妹妹笑着说。吃光之后，还想再吃，于是她向婆婆打听到卖黄花鱼的地方，听说还可以网购。一箱很快就吃完了，于是这次买了两箱。黄花鱼送过来了，妹妹一边洗一边数，一共二百条。为了烤的时候更方便，她把洗过的黄花鱼包起来，每四五条用一个塑料袋装着，放在冰箱里。洗着洗着，突然想把所有的黄花鱼都扔掉，妹妹淡淡地说。你突然想起了妈妈。妈妈在那个传统的厨房里为一大家子人做了一辈子的饭，她是什么样的心情呢？你很想知道。我们多么能吃啊，还记得吗？常常要摆两桌。做饭的锅怎么那么大啊，我们还要用那些小菜装饭盒……每天都要重复这些事，妈妈怎么受得了？而且我们家人口多，总会有两三个外人来混吃混喝。妈妈不像是喜欢厨房的人。听妹妹这么说，你无言以对了。关于妈妈和厨房，你从来没有分开想过。妈妈就是厨房，厨房就是妈妈。妈妈真的喜欢厨房吗？你从来没考虑过这个问题。

为了攒钱，你妈妈还要养蚕，做酒曲，做豆腐。攒钱的最好办法是不花钱。妈妈不管做什么事都很节约。有一天，她把家里用了多年的油灯、磨石和缸卖给了外地来的人们。他们想要妈妈正在使用的多年前的老物件。平时妈妈不把这些东西放在眼里，却还是像个商人似的跟他们讨价还价。刚开始好像是你妈妈处于下风，但是很快又遂了心愿。你静静地听着，妈妈提出价钱，那些人冷笑着说，谁会花那么多钱买这些没用的东西。那你们为什么要买这些不值钱的东西？说着，妈妈收起油灯准备走。那几个商人发牢骚说，大婶要是做生意，肯定能做得很好！然后给了她想要的价钱。

不管买什么，你妈妈从来没有原价买过。大部分东西她都会亲手解决。因此，妈妈的手从来没有停下来的时候。妈妈缝衣服，做编织，不停地种田。妈妈的地里从来没有空着的时候。春天在地里埋下马铃薯块茎，播下生菜、茼蒿、冬葵以及韭菜种子，种上辣椒，埋下玉米种子。围墙底下种南瓜，田埂里种豆子。妈妈身边总是出现不同的蔬果，芝麻、桑叶、黄瓜。妈妈要么在厨房，要么就在地里。或者在挖土豆、挖地瓜，或者在摘南瓜、拔白菜和萝卜。妈妈的劳作仿佛在告诉你们这样的事实：一分耕耘一分收获。妈妈只会花钱买那些不能种植的东西，比如春天放养在院子里的鸭子和小鸡，比如猪圈里的小猪崽，等等。有一年，廊台下面的狗生了九只小狗。过了一个月，妈妈只留下两只，其他的都装在竹筐里。还有一只装不下了，妈妈让你抱在怀里跟她走。

你和妈妈上了汽车。汽车里都是要去镇上卖东西的人，背着大袋子，装满干辣椒、芝麻和黑豆，有的筐里只装了三四棵白菜和几个萝卜。你们在镇中心的汽车站前坐下来，过路人开始讨价还价。你跟在妈妈身后，把抱在怀里的热乎乎的小狗放进其他小狗动来动去的竹筐里。然后，你蹲坐在妈妈旁边，等着卖小狗。经过妈妈一个月的精心喂养，小狗长得胖乎乎的，健康且乖巧，一点儿警惕和敌意也没有。小狗朝着蹲在竹筐前的人们摇晃尾巴，伸出舌头，还舔别人的手背。妈妈的小狗卖得比萝卜、白菜和豆子都快。最后一只小狗卖完了，妈妈伸了伸腰。你握住她的手。她问你，想要什么？妈妈从来没有这样问过你，你看着她。

——我问你想要什么。

——书！

——书？

——嗯，书！

听你说要书，妈妈显得有些为难。她看了看你，问你哪里有卖书的。你走在前面，带着妈妈去了位于交叉路口的书店。妈妈没有进去，而是让你进去挑一本，然后问清楚多少钱。平时就算买双胶鞋，妈妈也要试来试去，一会儿穿上一会儿脱下，再和店主人讨价还价。这回却让你自己选书，而且只是让你问问价钱，似乎并不想砍价。突然间，你感觉书店犹如旷野，不知道该选什么书才好。之所以想买书,是因为你看了哥哥借来的书,没看完就被他抢回去了,你感到气愤。学校图书馆里的书和哥哥借来的书不一样,比如《谢氏南征记》《申润福传》之类的。妈妈等在书店门外,你选的是《人性的,太人性的》。这是教科书之外的书,妈妈帮你付了钱,然后茫然地看着你选的书。

——是必需的书吗?

你生怕她改变主意,赶紧点头。其实你也不知道那是什么样的书。作者是尼采,你连尼采是谁都不知道。"人性的,太人性的",你只是喜欢这句话,就选了这本书。妈妈也不讨价还价,直接交了钱,把书放在你手中。从家里出来的时候,你怀里抱着的是小狗,现在抱着的是书。坐在回家的车上,你望着窗外。一个弯腰驼背的老奶奶正焦急地望着来来往往的路人,等着卖出她的一升糯米。

走在看得见外婆家的山路上,你妈妈说,外公去外地挖金矿和石炭,直到妈妈三岁了才回家。他去新建的车站工作,却碰上了意外事故。村里人到外婆家通知外公遭遇事故的消息,看见正在院子里跑来跑去玩耍的妈妈,说自己的爸爸死了都不知道,还笑呢,真不懂事。

——妈妈还记得三岁时的事情?

——记得。

你妈妈说,她曾经抱怨过自己的妈妈,也就是你的外婆。

——妈妈孤身一人,吃尽了苦头,这不用说了。可是她应该让我上学啊。哥哥上了日本学校,姐姐也上了学,为什么就不让我去?我现在两眼一抹黑,一辈子睁眼瞎……

你妈妈终于答应了,如果你不告诉大哥,她就跟你去首尔。跟你走出家门,她又叮嘱了好几遍,千万不要告诉你哥哥。你们去医院检查妈妈头痛的原因,却从医生那里得知了意外的事实。原来早在很久以前,你妈妈曾经患过脑中风。脑中风?你说从来没有过。医生指着妈妈脑部照片中的某个点,说那就是得过脑中风的痕迹。得过脑中风,本人怎么会不知道呢?医生说本人不可能不知道。从血液聚集的情况来看,本人应该能感觉到脑中风的冲击。医生说妈妈的身体经常处于病痛状态,总是有阵痛相伴。

——经常处于病痛状态?妈妈向来都很健康啊。

——不是的。

你感觉像是藏在口袋里的锥子钻出来,扎伤了手背。积聚在妈妈大脑里的血被抽出来了,可是妈妈的头痛并没有缓解。有时妈妈正在和别人聊天,头痛突然发作,她就用双手捧住脑袋,像是捧着眼看就要破碎的玻璃缸。然后,她推开大门,躺在库房的平板床上。

——妈妈你喜欢厨房吗？

有一次，你这样问妈妈。妈妈似乎没听懂你的意思。

——你问我喜不喜欢待在厨房里？喜不喜欢做饭做菜？

妈妈呆呆地望着你。

——厨房有什么喜不喜欢的啊，这是必须做的事，不做不行啊。我在厨房里做饭，你们才有的吃，才能上学。人活着，怎么可能只做自己喜欢的事情？很多事情是不能不做的，喜欢也好，讨厌也好。

妈妈显得很疑惑，似乎不明白你为什么要问这个问题。接着，妈妈又唠叨了一句，如果都只做自己喜欢的事情，那不喜欢的事情又让谁去做呢？

——那答案是什么？喜欢，还是不喜欢？

妈妈像是要吐露什么秘密，看了看四周，小声说，我打碎过好几个缸盖。

——打碎缸盖？

——我想看到尽头。做农活的时候，只要春天播种，秋天就能收获。播下菠菜种子的地方，肯定会长出菠菜。播下玉米种子的地方，肯定会长出玉米……可是厨房里的事却没完没了。吃了早饭，不一会儿就到了午饭时间，转眼又到了晚上，天一亮又要吃早饭……如果有条件多做些小菜，我也可以省点儿力气，可是每年种在地里的东西都一样,每次都是一样的菜,做了一遍又一遍。有时我真的很烦,感觉厨房就像监狱。我就走到酱缸旁,挑个不好看的酱缸盖,使劲摔到墙上。你姑妈不知道。如果知道了,肯定会说我是疯子,好好的缸盖竟然也要摔碎。

你妈妈说,她会在两三天之内买来新的缸盖,盖在缸上。

——也花了些冤枉钱。每次去买新缸盖的时候,我都很心疼钱,可我还是控制不住自己。缸盖破碎的声音对我来说就像灵丹妙药,心里一下子就痛快了,烦恼也散去了。

你妈妈好像生怕别人听见似的,右手食指放在嘴角,"嘘"了一声。

——这话我从来没有说过,千万不要告诉别人!

妈妈的脸上带着调皮的笑容。

——如果你讨厌做饭了,也可以试着摔个小盘子什么的,怎么样?哎哟,虽然心疼,但是心里的确很爽。不过你还没结婚,谈不上喜不喜欢做饭。

你妈妈深深地叹了口气。

——尽管这样,我还是很喜欢你们小的时候。想要重新戴戴头上的毛巾都没有时间,但是只要看到你们围坐在饭桌旁,争着抢着吃饭,我就觉得心满意足了。你们都很好养,哪怕只做个南瓜酱汤,你们也吃得津津有味。偶尔给你们蒸条鱼,你们就笑开了花……你们几个胃口都很好,我都害怕你们一下子就长大了。煮好土豆,让你们放学回家吃。我从外面回来,却发现锅里已经空了。库房米缸里的大米每天都下去一大截,有时干脆就空了。准备做晚饭的时候,舀子伸进米缸去舀粮食,结果碰到了缸底。哎哟,我的孩子们,明天早晨吃什么呀。我的心一下子就沉下去了。那时候也谈不上喜不喜欢厨房里的事。做上一大锅饭,旁边煮上一小锅汤,首先想到的不是辛苦,而是这些东西都要进到我孩子的嘴里,心里别提有多踏实了。你们现在可能想象不到,那时候我每天都担心没有粮食吃。所有人都是这样,填饱肚子最重要。

你的妈妈笑着说,填饱肚子最重要的那段时光是人生中最幸福的时光。然而头痛夺去了妈妈脸上的笑容。头痛宛如长着利齿的田鼠,撕咬和吞噬着妈妈的灵魂。

你去找人帮忙印刷寻人启事。那个人穿着陈旧的麻布衣服,明显是经过了精心缝制。你不是第一次见到他穿着陈旧的麻布衣服,但是不知为什么,那件衣服充满了你的视野。他已经听说了你妈妈的事,按照你做好的寻人启事进行设计。他说他马上就找经常合作的印刷所,尽快帮你印出来。妈妈没有近照,最后弟弟决定使用上传到网上的父亲七十大寿时的全家福。看到照片上的妈妈,他说,您的母亲真美。你没头没脑地说了句,你的衣服真不错。他笑了笑。

——这是母亲给我做的衣服。

——你母亲不是去世了吗?

——活着的时候做的。

他从小皮肤过敏,只能穿麻布衣服。别的材料一碰身体就感觉痒,甚至生出脓疮。他从小到大都是穿母亲给他做的衣服。他说记忆中母亲总是在做针线活。如果从内衣到袜子都要亲手缝制,恐怕真的要每天都做针线活。母亲去世后,他打开衣柜一看,里面放着那么多麻布衣服,足够他穿一辈子了。现在穿在身上的就是母亲留下的衣服。他的母亲长什么样呢?听他说起母亲的时候,你的心里仿佛被什么堵住了。他在回忆自己亲爱的母亲,你却问出了这样的话:你的母亲开心吗?

——我的母亲和现在的女人不一样。

他的语气很郑重。他的神情分明在抗议,觉得你侮辱了他的母亲。

第二章
亨哲呀，对不起

一个女人接过他散发的寻人启事，停下脚步，仔细看了看照片。女人站在首尔站的钟楼下面，妈妈曾经在那里等他。

他在城里找到房子之后，妈妈来到了首尔站。当时，妈妈看上去就像躲避战乱的女人。她头顶肩扛着带给他的东西，有的甚至缠在腰间。妈妈就这样走出了首尔站的站台。这样竟然还能走路，真是太神奇了。如果可能的话，她甚至能把茄子、南瓜之类的挂在腿上带来。因为妈妈的口袋里经常掉出青椒和栗子，以及用报纸包着的蒜瓣。他去接妈妈的时候，看见她脚下堆着那么多包袱，实在难以相信这是年轻的女人独自带来的。妈妈满脸通红，站在包袱中间，望眼欲穿地等待着他的出现。

女人慢吞吞地走到他面前，我好像在龙山二街洞事务所见过这个人。她指着寻人启事上的妈妈。妹妹制作的寻人启事上，他的妈妈身穿浅蓝色韩服，脸上带着灿烂的笑容。不是这件衣服，但是眼睛太像了，简直太像牛眼了，所以我印象很深。女人又看了看寻人启事上他妈妈的眼睛，说，她的脚背受了伤。女人还说，他的妈妈穿着蓝色的拖鞋，也许是走路太多了，拖鞋嵌入大脚趾旁的脚背，磨掉了皮。伤口化脓，引来了苍蝇，她不停地挥手驱赶。肯定很疼的，可是她好像不在乎伤口，在洞事务所门前走来走去。这是一周前的事了。

一周前？

不是今天早晨，而是一周以前，女人在洞事务所前看见了他的妈妈，只是因为寻人启事上妈妈的眼睛和她在龙山二街洞事务所门前见到的那个人的眼睛很像。他不知道应该如何理解女人的话。女人匆匆离开了，他继续向路人分发寻人启事。家人都行动起来了，从首尔站到南营洞，从饭店到服装店，从书店到网吧，到处都有人在贴寻人启事。如果有人认为违法而撕掉寻人启事，那就赶快在原位置重贴。不仅这个方向，还有南大门、中林洞和西大门，都有家人在轮流分发或张贴寻人启事。报纸广告也登了，一个电话都没有接到。寻人启事发出去了，倒是有人打来电话。听说有人在饭店里看见了妈妈，他箭一般冲了过去。原来不是妈妈，而是在饭店里工作的女人，只是和妈妈年龄相仿罢了。还有一次，有人打电话说妈妈正在自己家里，告诉他详细地址，让他赶快过去。他满怀希望地赶到了，那个地址根本不存在。还有人说，如果先支付寻人启事上标明的五百万元酬金，可以帮他们找到妈妈。半个月过去了，连这样的事情也不再发生了。他的家人们曾经满怀期待地寻找，后来只能垂头丧气地坐在首尔站的钟楼前面。人们接过寻人启事，马上揉成一团，扔在地上。他的作家妹妹捡起来，继续发给别人。

妹妹手里捧着一大摞寻人启事，出现在首尔站，来到他的身边。妹妹干涸的眼睛瞥了一下他的眼睛。他说，要不要相信那个女人的话，到龙山二街洞事务所周围去看看？妹妹闷闷不乐，只是简短地说，妈妈怎么可能去那儿？不管怎么样，等会儿还是去看看吧。然后，妹妹继续向路人分发寻人启事，同时大声对他们说，这是我的妈妈，请不要扔掉，先看一看。妹妹每次出版新书的时候，报纸上的文化专栏都会刊登她的照片，可是竟然没有人认出她。比起默默地散发寻人启事，这样大声叫喊似乎效果更好。几乎没有人像先前那样接过去就马上扔掉了。除了他家和弟弟妹妹家以外，这个城市里没有妈妈能去的地方。这是他和家人的痛苦之处。如果妈妈有能去的地方，就可以在那周围寻找，然而没有这样的地方。他们只能在整个城市里找来找去。妹妹说"妈妈怎么可能去那儿"的时候,他突然想起来了,女人所说的龙山二街洞事务所是他在这个城市的第一个工作地点。那已经是三十年前的事情了。

风很凉,他的脸上却流着汗。他已经五十岁了,在一家建筑公司担任宣传部长。今天是星期六,休息日。如果不是妈妈走丢,现在他应该在松都的样板房里。位于松都的大规模公寓即将竣工,第二期准备开盘。为了百分之百完成销售任务,他不分昼夜地辛勤工作。人们看够了明星做模特,从春天开始,他负责选拔普通家庭主妇做广告模特,同时还要忙着装修样板间,接待媒体记者,他都不记得上次半夜回家是什么时候了。每到星期日,他都要陪同社长和常务级的领导们去束草或横城打高尔夫。

——哥!妈妈丢了!

一个夏天的午后,弟弟急匆匆的声音打破了他平静的生活,宛如踩着尚未冻实的冰面,发出"咔嚓"的声音。父亲和妈妈准备乘地铁去老二家,但是父亲刚上车,地铁就出发了,妈妈一个人留在地铁站里了。听到这里,他还没把这件事和妈妈的失踪联系起来。老二说已经报警的时候,他还在想,是不是太虚张声势了?直到一周之后,他才开始在报纸上发广告,联系医院急诊室。

每天夜里都兵分几路去露宿者保护中心寻找，然而每次都空手而归。妈妈，独自留在地铁首尔站的妈妈，像梦一样消失了，不留痕迹。甚至想问父亲，妈妈真的跟他来首尔了吗？妈妈走丢了。十天过去了，半个月过去了，几乎一个月过去了，他和他的家人失魂落魄，仿佛大脑的某个角落受到了损伤。

他把手里的寻人启事交给妹妹。

——我得去看看。

——龙山吗？

——是的。

——你想到什么了？

——我刚来首尔的时候，就住在那里。

他提醒妹妹，有事会给她打电话，让她注意看手机。这话已经没有必要说了。平时总是不接电话的妹妹，现在每次都在信号音响三声之前接起电话。他走向出租车停车场。妈妈对这个三十岁过半却迟迟未婚的妹妹很担心。有时候天蒙蒙亮就打电话。亨哲呀，你去智宪家看看，怎么不接电话呢，我心里直打鼓啊。不接电话，也不打电话……一个月没听见她的声音了。他说，妹妹可能在埋头写作，或者去外地了。妈妈还是让他去妹妹的写字楼看看。她一个人，说不定生病了，卧床不起，也可能在浴室里摔倒了……听了妈妈列举的单身女人可能遇到的危险，他也觉得不无可能。听了妈妈的嘱咐，他在上班时间或午饭时间赶到妹妹的写字楼，堆积在门口的报纸是妹妹不在家的证据。他收起报纸，扔进垃圾桶，然后回去。如果门前没有报纸或牛奶，那么他就确信妹妹肯定在家，不停地按门铃，直到妹妹探出睡眼惺忪的脸颊，气呼呼地问，怎么又来了？有一次他按门铃的时候，遇到一个来找妹妹的男人。男人难为情地向他问好。还没等他问对方是谁，男人就说出了妹妹的名字，还说他和妹妹长得很像，所以不需要问了。男人说他也是突然联系不上妹妹，这才赶来看看。他告诉妈妈，妹妹可能去旅行了，或者在家里，她很好。听到这样的消息，妈妈常常叹着气说，这样下去，就算她死了，我们都不知道。然后又问，这孩子到底做什么工作？妹妹半个月，甚至一个月杳无音信，主要是为了写小说。非要这样写小说吗？每次妈妈这样问时，妹妹就自言自语地说，以后我会给你打电话的。仅此而已。不管妈妈怎么说，偶尔联系不上妹妹的事情仍在继续。大约两三次吧，他没有理会妈妈的嘱咐，从那之后，妈妈就再没有提让他去妹妹家看看的事了。妈妈只是说，你现在也没时间听我说话了。妹妹失去联系的情况仍然时有出现，应该有别人代替他为妈妈跑腿。妈妈走失之后，妹妹自言自语，也许是老天惩罚我吧……

　　从首尔站到淑明女子大学之间的路上塞满了车。他瞪大眼睛，望着车窗外面,观察着来来往往的人流,或许妈妈就在人海里。

——先生!您说要去龙山二街洞事务所,是吧?

从淑明女子大学朝龙山高中方向转弯的时候,出租车司机问道。他没有听见。

——先生?

——怎么了?

——您说要去龙山二街洞事务所,是吧?

——是的。

二十岁那年,他每天都要走这条路,可是车窗外的风景却是那么陌生。这条路对吗?他甚至怀疑。也难怪,三十年岁月流过,如果不变,那才奇怪呢。

——今天是星期六,洞事务所可能关门了。

——应该是吧。

出租车司机还想说什么,最后没有再说。他从口袋里拿出一张寻人启事,递给出租车司机。

——如果遇到这个人,请联系我……

出租车司机看了一眼他递来的寻人启事。

——是您母亲吗?

——是的。

——怎么会……

去年秋天，妹妹打电话说妈妈有点儿反常，可是他没有采取任何措施。到了这个年龄，有点儿不舒服也很正常。妹妹沉痛地告诉他，妈妈曾经因为头痛而昏厥，于是他往乡下的家里打了电话。妈妈高高兴兴地接起电话，是亨哲吗？他问妈妈，没什么事吧？妈妈笑着说，要是有什么事就好了，哎哟，别担心了，我们两个老家伙还能有什么事，你们照顾好自己就行了。

——到首尔来吧。

妈妈说，好……好吧，声音模糊了。妹妹对他的冷漠感到气愤，跑到他公司门前，拿出妈妈的脑部照片给他看。妹妹转达了医生的话，脑中风曾经袭击了妈妈的大脑，可是连她自己也不知道。他仍然漫不经心地听着，妹妹盯住他的眼睛，喊了声，大哥！你是尹亨哲吗？

——妈妈说没事了，怎么了？

——妈妈这么说你就相信吗？妈妈每次都这样说，这是她的说话习惯。你明明知道，为什么还要装糊涂？妈妈是觉得对不起你，才这样说的啊。

——妈妈怎么对不起我了？

——我怎么知道！你为什么让妈妈感觉对不起你？

——我怎么了？

——早在很久以前，妈妈就常把这句话挂在嘴边。我也想问，妈妈为什么总是说对不起哥哥？

三十年前，他通过了五级公务员[1]考试，最先接到了龙山二街洞事务所的分配通知。原本在乡下读高中的他，没有考上这个城市的大学，听到这个消息时，妈妈显得难以置信。她做出这样的反应理所当然。从小学到高中，他从来都是第一名。不管参加什么考试都是第一名。小学六年级，他以第一名的成绩考入初中，连学费都免了。连续三年他都得第一名，因此从来没缴过学费。考高中的时候，他的成绩也是第一名。哎哟，我真想给我们亨哲缴次学费。每次妈妈拿他炫耀的时候，总会这样说话。高中时代仍然屡获第一名的他，却在高考中落榜了，妈妈当然难以理解。不仅没在高考中取得第一名，反倒是落榜了。听到这个消息时，妈妈露出不可思议的神情，你不行，还有谁行呢？他还打算考上大学以后，继续努力，再得第一名呢。不是打算，是必须这样。无论如何，他必须凭借奖学金读大学。然而他落榜了，不得不考虑别的出路。他从来没想过重读，很快就找到了自己要走的路。他参加了两种公务员考试，全部通过了。他选择了最先收到通知的地方，离开了家。几个月后，他得知这个城市的夜间大学有他想读的法律专业，于是想要报名，然而报名需要高中毕业证

---

[1] 韩国的公务员分为九级，九级最低，一级为总统，五级以上就能过上水平较高的生活。因为待遇高、福利好，每年都有大量毕业生报考，导致公务员录用率很低，竞争相当激烈。

书。如果写信让家人到学校开毕业证书,再寄过来,也许会错过截止日期。于是他写信给父亲,让他在高速汽车站把毕业证书交给要来首尔的人,然后到邮局往洞事务所打个电话,告诉他车次,他就可以到车站等着那个人,拿到毕业证书了。他等了很久,也没有接到电话。那时候农村还没有电话,他也没办法打听。第二天就要递交志愿书了,他不知道有多少担心。就在那天夜里,突然有人来敲洞事务所的门。当时他住在洞事务所。本来是职员们轮流值班,但是他没有住处,所以就住在洞事务所的值班室里,等于每天值班了。敲门声很响,仿佛要把门敲碎。他出去看时,黑暗中站着个陌生的青年男子。

——这位是您母亲吗?

他的妈妈冻得瑟瑟发抖,站在青年身后。还没等他开口,她就走上前来说,亨哲呀!是我!是妈妈呀!青年看了看手表说,再过七分钟就禁止通行了!然后对她说了声再见,转身跑向禁止通行七分钟之前的黑暗中。

父亲不在家,妹妹读了他的信,妈妈不知如何是好。后来她去了他曾经就读的高中,开出了毕业证书,然后直接上了火车。他的妈妈平生第一次坐火车。到了首尔站,她向路人打听龙山二街洞怎么走时,那个青年正好看到了。深更半夜,他的妈妈说有东西要交给自己的儿子,青年不得不带她来到了洞事务所。尽管是冬天，他的妈妈却穿着蓝色的拖鞋。秋收的时候，不小心被镰刀割伤了大脚趾一侧的脚背，伤口还没有愈合，得穿前面不封口的鞋子，找来找去只有这双拖鞋。他的妈妈把拖鞋脱在值班室门口，对他说，快进去，不知道晚没晚？说着，她把高中毕业证书递到他面前。妈妈的手冻僵了。他抓住她冰冷的手，暗下决心，一定要让拥有这双手的女人幸福快乐。他嘴上却在责怪妈妈，陌生人让你跟着走，你就跟着走，这怎么行呢。妈妈反过来责怪他，人和人之间怎么能没有起码的信任呢，这个世界上好人比坏人多得多！她的脸上露出了特有的乐观的笑容。

他站在已经关门的洞事务所门前，上上下下打量着大楼。妈妈不可能来这里，如果能找到这里，应该也能找到他的家了。那个女人说在这里见过可能是他妈妈的人，说记得妈妈的眼睛，还说妈妈穿着蓝色的拖鞋。蓝拖鞋，父亲说妈妈穿的不是蓝拖鞋，而是乳白色的低跟凉鞋。女人说他的妈妈走路太多，拖鞋已经陷进了脚背，皮都磨掉了。她分明说妈妈穿的是蓝拖鞋。他这才想起妈妈失踪时穿的是乳白色的低跟凉鞋。他往洞事务所里看了看，走上了连接保圣女子高中和恩成教会的路。

洞事务所的值班室还在吗？

为了给二十岁的他送高中毕业证书，妈妈奋不顾身地踏上开往首尔的火车，来到洞事务所的值班室。那天夜里，他和妈妈并排躺在床上，就在那个值班室。恐怕这是他最后一次和妈妈并排而卧了。临街的墙里透进来冷风。妈妈站起来说，我得靠墙躺着，要不然睡不着。说着，和他换了位置。那边有风……他起身把书包和书堆在墙边，连同脱下的衣服也堆了过去。不用了，妈妈抓住他的手，快睡吧，明天还要工作呢。

——第一次来首尔，感觉怎么样？

他面朝值班室的天棚，和妈妈躺在一起，问道。

——没什么。

妈妈笑着说。

——你是我生的第一个孩子。你让我体验到的第一次岂止是这些？你的一切对我来说都是新的世界。不管你做什么，对我来说都是崭新的经历。肚子第一次隆起那么大，第一次喂奶。生你的时候，我的年龄和你现在一样。第一次看到你的时候，你连眼睛都睁不开，通红的小脸被汗水浸湿了……别人生下第一个孩子之后都是又惊又喜，我却很悲伤。这个新生儿是我生的吗……以后我该怎么办……我突然很害怕，刚开始连你软乎乎的手指都不敢碰。你的小手握得很紧，我把你的手指一个一个分开，你就笑眯眯地看着我……你的手是那么小，好像多摸几次就要消失。那时候的我什么都不懂啊。十七岁出嫁,十九岁还没怀上孩子,你姑妈就说,看样子是生不出孩子来了。第一次知道怀上你的时候,我首先想到的是以后不用听你姑妈说这种话了,这是最让我高兴的事。看到你的手指越来越长,脚指头越来越粗,我真的好开心。疲惫不堪的时候,就进屋看看躺着的你,分开你的小手指看看,摸摸你的脚指头,然后我就有了力量。第一次给你穿鞋的时候,我真的兴奋不已。你迈着蹒跚的脚步朝我走来,我笑得合不拢嘴。即使有金银财宝落到我面前,我也不会笑得那么开心啊。送你上学的时候就不用说了,我把名签和手绢戴在你胸前,不知为什么,我感觉那么骄傲。看到你的小腿渐渐变粗,那种快乐真的是任何事情都比不了的。快快长大吧,我的孩子,每天我都这样唱着。不知不觉,我突然发现,你的个子已经比我高了。

妈妈朝他挺了挺后背,抚摸着他的头发。

——心里盼着你快长大,可是当你真的比我还高的时候,虽然你是我的孩子,我还是感到恐惧。

——……

——你跟别的孩子不一样,根本不需要妈妈说什么。不管什么事,你都自己处理。你长得这么好看,学习又那么好,我为你骄傲。直到现在,我偶尔还是会怀疑,你真是我生出来的吗……你看看,要不是因为你,我哪有机会来首尔啊。

他在心里想，我一定要多赚钱，等妈妈下次来首尔的时候，让她可以睡在温暖的地方，不能再让她躺在凉飕飕的地方睡觉。不知道过了多久，妈妈低声呼唤他的名字，亨哲呀！他快睡着了，耳边隐隐传来妈妈的声音。她伸出手，抚摸他的头发。她坐起身来，弯腰注视着睡梦中的他，轻轻地伸出手，抚摸着他的额头说，妈妈对不起你。为了擦眼泪，她赶紧把手从他额头上收回来。她的眼泪还是滴落在他的脸庞。

清晨醒来，他看到妈妈正在扫地。他让她别扫了。她却说，手闲着干什么？好像手一闲下来，就要受惩罚似的。她在水里浸湿拖布，拖了地板，然后又把还没上班的职员们的桌子擦得干干净净。妈妈嘴里冒着热气，红肿的脚背露在蓝拖鞋外面。等待豆芽汤店开门的时间里，洞事务所被她打扫得窗明几净。

这座房子还在，他瞪大了眼睛。他在胡同里走来走去，寻找妈妈的身影。走着走着，他来到了三十年前租住的房子前。锋利如刃的铁块插在大门上，一如从前。那个曾经爱过他，却不得不选择等待的女人，偶尔会把装有南瓜饼的塑料袋之类的东西挂在那里。除了这座房子，周围都变成了联立住宅或单人房。

保证金1000万元——月租10万元

他看了看贴在大门上的纸条。

保证金500万元，月租15万元亦可。

8坪[1]，有水槽，卫生间有洗浴设施。

距离南山很近，适合运动，20分钟到达江南，10分钟到达钟路。缺点：卫生间小，不过又不是生活在卫生间里。在龙山恐怕很难找到这么便宜的了。各方面条件都不错，之所以搬家，是因为我买了汽车，需要停车场。请发短信或邮件联系。直接出租的原因：可以省去中介费。

看过手机号码和邮件地址之后，他轻轻推了一下大门，像三十年前那样，大门开了。他往里面看了看。和从前一样，这个三合院里所有的门都开向外面。他曾经居住过的房间紧锁着。

——有人吗？

他提高嗓音，大声问道。两三扇门开了，两个短发少女和两个十七岁左右的男孩探头张望。他走了进去。

——请问你们有没有见过这个人？

他先把寻人启事递给两个短发少女。见两个男孩子准备关门，

---

[1] 坪是韩国常用的面积单位，1坪约为3.3平方米。

他又赶紧把寻人启事递给他们。里面还有两个和他们年龄相仿的女孩。男孩子感觉到他在往房间里看，于是用力关上了门。房间外形和三十年前没什么两样，只是里面改造成了单人房。厨房和房间合起来了，房间一侧有水槽。

——没见过！

两个少女又把寻人启事还给了他。也许刚才在睡午觉，她们的眼角粘着眼屎。两个少女转过身，望着他走出大门的背影。他刚要走出大门，房门又开了，男孩叫住了他，等一等！

——这位老奶奶几天前好像坐在这个大门口……

他走过去。另一个男孩子探出头来，连连否定，不是的！

——这位老奶奶多年轻啊，那个奶奶满脸都是皱纹，头发也不是这样的……那是个乞丐。

——不过眼睛很像啊。你看看眼睛，就是这个样子……如果能找到，真的给我五百万吗？

——只要消息准确，即使找不到，也会答谢。

两个男孩子被他叫到了门外。刚才关门的两个女孩又打开门，向外张望。

——那位老奶奶是下面啤酒店家的奶奶，患了老年痴呆，关在家里，可是她偷着跑出来，迷了路。啤酒店家的叔叔把她带回去了。

——不是。这位老奶奶我也看到了……脚背扎破了,化了脓,苍蝇落在脚上,她不停地赶苍蝇……又脏又臭,我没仔细看。

——然后呢?你看见她去哪儿了吗?

他匆忙问男孩。

——不知道,然后我就进来了。她总想跟我进来,我就关紧了大门……

除了那个男孩子,再没有别人看见过他的妈妈了。男孩追上他说,我真的看到了,而且还走在他的前面,这里看看,那里看看。分开的时候,他给了男孩一张十万元的支票。男孩两眼放光。他对男孩说,如果以后再看到这位老奶奶,务必留住她,然后给我打电话。男孩没有专心听他说话,而是反问,那么你会给我五百万吗?他点了点头。男孩又要了几张寻人启事。他说他在加油站打工,要把寻人启事贴到那里。如果别人在那里看见寻人启事,找到老奶奶,那就是因为自己找到的,也要给他五百万才行。他同意了。

妈妈,在洞事务所的值班室里,为了不让儿子躺在风墙旁边而谎称自己不靠墙就睡不着的妈妈,跟他换了位置的妈妈。自己曾经对她许下的那些苍白的诺言,以及妈妈下次再来这个城市的时候，一定要让她睡在温暖房间里的誓言。

    他从口袋里掏出香烟，叼在嘴里。不知从什么时候开始，他的心已经不属于自己了。不知从什么时候开始，他已经忘记妈妈的存在了。妈妈没有和爸爸一起乘上地铁，孤零零地留在地铁站里的时候，我在干什么呢？他又抬头看了看洞事务所，转过身去。我在做什么呢？他垂下了头。妈妈走丢的前一天，他和同事们喝酒，并不是很愉快。向来对他毕恭毕敬的同事K喝了几杯酒之后，巧妙地讽刺他，说他是个很聪明的人。他在公司里负责仁川松都的公寓销售，而K负责龙仁的公寓销售。K说他聪明，指的是他准备了受中年人群喜爱的歌手演唱会门票做赠品，送给前来样板间的顾客。这不是他的主意，而是他的作家妹妹想到的。妹妹到他家，妻子把上次销售公寓时用作赠品的浴室脚垫送给妹妹，让她带回去。妹妹说，为什么公司都以为主妇们喜欢这样的东西？真是搞不懂。他正在考虑用什么做赠品合适，便问她，你觉得送什么能给人留下深刻印象？这个嘛，我也不知道，反正这种东西很快就会忘记，钢笔会不会好些？如果把脚垫之类的东西当作销售公寓的赠品，别人肯定不当回事。如果赠送图书或电影票，顾客恐怕会仔细看看。为了把电影票派上用场，那就需要腾出时间，这样一来，肯定会经常想起来了。只有我这样想吗？妹妹好像是忘记了，最后没有带走浴室脚垫。开会提到赠品问题的时候，他提出了文化用品的建议，没有人反对。正好有位深受中年人喜爱的歌手正在举行巡回演唱会，他准备了很多门票，因此受到了董事们的称赞。说不定也是董事们喜欢的歌手。通过问卷调查也可以看出，用演出门票做赠品有效地提升了公司的形象。应该不是因为赠品，但是他负责的松都公寓几乎全部售完，而K负责的龙仁公寓只售出60%。这种情况下，很可能出现滞销事件，因此K不得不紧张。他笑了笑，说自己只是运气好罢了。几杯酒下肚，K说，如果他把非凡的头脑用到别的地方，说不定已经做了检察长。K之所以拿"检察长"这几个字来挖苦他，是因为K知道他是法律专业出身，曾经准备过司法考试。公司的主流势力是Y大和K大，然而他既不是Y大出身，也不是K大出身，究竟使用了什么手段，升得这么快呢？K的语气里夹杂着嘲讽和挖苦。最后，他泼了K倒给他的酒，起身离开。早晨妻子说她不去首尔站接站，而是要去小真那里。那时他还想着自己要算准时间去接站。父亲说他想到最近刚刚搬家的老二家看看。他本来想去首尔站接到父母之后，把他们送到老二家，然而上班以后，突然感觉浑身乏力，头也隐隐作痛。父亲也说能找到……于是他就没有去首尔站，而是去了公司附近的桑拿房。每次喝多了酒，第二天他都要来这家桑拿房。在那里，他满头大汗。就是在那个时候，父亲自己上了地铁，丢下了妈妈。

　　他曾经是个农村少年，之所以想做检察官，是想让对父亲失望而离家出走的妈妈回家。父亲带回来的女人皮肤很白，浑身散发着胭脂的香味。女人从大门进来，妈妈从侧门离开。见他很冷漠，女人试图收买他的心，每天都在他的饭盒里放个煎蛋。他拿着女人用小包袱皮精心包好的饭盒出门，然后放在酱缸盖上，去了学校。弟弟妹妹们看着他的脸色，带着女人装好的饭盒，悄悄走出家门。上学路上有块墓地，他把弟弟妹妹们叫了过去。他在墓地前面挖了个坑，让弟弟妹妹们把饭盒埋在里面。弟弟不听话，想夺饭盒，被他打了一顿。妹妹听了他的话，把饭盒埋进了他挖的坑里。他以为这样做，女人就不能再给他们装饭盒了。不料女人到镇上买了新的饭盒，这回不是黄色的饭盒，而是能让饭菜不凉的保温饭盒。他不带女人给装的盒饭去学校，每天不吃饭。离家出走的妈妈不知从哪里了解到这件事，专门找到他的学校。女人来他家已经十天了。

　　——妈妈。

　　他泪如泉涌。妈妈带他来到学校后面的小山坡，挽起他的裤脚，露出小腿。妈妈从怀里拿出鞭子，朝着他的小腿打去。

　　——为什么不吃饭？你以为你不吃饭，我就会高兴吗！

妈妈的鞭子打得很重。本来就因为弟弟妹妹不听话而感到委屈,现在又挨了妈妈的鞭打,他心里很是不解,越想越气愤。他也想不明白妈妈为什么会这么生气。

——你带不带盒饭?

——不带!

——你这臭小子,挨了打还不听话!

妈妈的鞭子更重了。他没有喊疼,直到妈妈打累了。自始至终,他不但没有逃跑,连姿势都没有改变。他咬紧牙关,忍受着妈妈的鞭子。

——还不肯带盒饭吗?

鞭子抽打的痕迹布满小腿。小腿瘀血了。

——无论如何我也不带!

他也大声喊了起来。妈妈终于扔下鞭子,猛地拥他入怀,放声大哭,哎哟,你这臭小子!亨哲呀!妈妈止住哭声,开始安慰他了,不管是谁做的饭,都要吃才行啊。妈妈对他说,你好好吃饭,妈妈的悲伤才会减轻。悲伤,这是他第一次从妈妈口中听到"悲伤"这样的字眼。他不知道为什么自己好好吃饭,妈妈的悲伤才会减轻。她因为那个女人而离开家门,如果自己吃了那个女人做的饭,她应该更悲伤才对,她却说了相反的话。即便是那个女人做的饭,他也必须吃进肚子,妈妈的悲伤才会减轻。他不理解,但是他不想让妈妈悲伤，于是闷闷不乐地说，我吃！这就对了，妈妈含泪的双眼里带着微笑。

——不过！妈妈要答应我，一定要回家！

他要妈妈发誓，她的眼神闪闪烁烁。

——我不想回家。

——为什么？为什么？

——我不想看到你父亲。

他的泪水再次夺眶而出。看来妈妈真的不打算回家了，这才嘱咐他务必好好吃饭，不管饭出自谁的手。想到妈妈可能永远不回家了，他的心里充满了恐惧。

——妈妈，一切都交给我吧。我干农活，扫院子，水也由我来挑。我碾米，我烧火，我帮妈妈赶老鼠，祭祀的时候我来杀鸡。妈妈，你回家吧！

每逢祭祀或节日，桌子上面总要有鸡肉，妈妈总是恳求父亲和家里的男人们杀鸡。雨季过后，她到山田里扶起倒伏的豆秧，从早到晚忙得脚不沾地。父亲喝醉了，妈妈独自把他背回家。猪跑出了猪圈，她挥着棍子打猪屁股，赶回猪圈。妈妈似乎无所不能，她唯一做不来的事就是杀鸡。即使从小河里捞来鲫鱼，只要鱼还活着，她也不敢动手。每到"捕鼠日"，学校都要求学生把老鼠尾巴带到学校，以此确定有没有真的捉到老鼠。别的妈妈抓到老鼠，砍下尾巴，包在纸里，让孩子带到学校。妈妈只要听到这个话题，立刻蜷起身子，连声呻吟。身材高大的妈妈不但不敢捉老鼠，如果做饭前去粮仓舀米的时候看见老鼠，也会失声尖叫"我的妈呀"，飞快地冲出库房。你看看你这个样子！每次看到魂飞魄散、满脸通红的妈妈从库房里跑出来，姑妈都很不以为然。他说他可以杀鸡，可以捉老鼠，然而妈妈还是不肯回家。

——我会成为优秀的人。

——你想干什么？

——检察官！

妈妈眼睛一亮。

——要想成为检察官，需要学习很多东西，比你想象的多得多。我认识的人为了当检察官而废寝忘食地学习，最后还是没考上，结果疯了。

——只要妈妈回家，我肯定能行……

妈妈静静地注视着他恳切的目光，脸上露出了微笑。

——好，你肯定能行。不满百天你就会叫妈妈……没有人教你识字，可是你刚上学就会读书，每次都考第一名。你在家里，我为什么不回去……我没想到这些，还有你在那里呢。

妈妈盯着他被鞭子抽得瘀青的小腿，看了很久，然后转身要背他。他呆呆地望着妈妈的后背。妈妈转过了头。

——快上来，我们回家……

妈妈跟他回了家，把女人推出厨房，自己亲手做饭。女人和父亲在村里另外找了个房子，妈妈挽起衣袖，跑了过去。女人洗好米，正准备做饭。他的妈妈从炉灶上端下锅，扔进了水坑。为了回家，为了兑现和他的承诺，妈妈决定变成战士。父亲和女人受不了妈妈的折腾，离开村庄的时候，妈妈把他叫过来，让他坐在膝上。他害怕妈妈也离家而去，心里充满了恐惧。妈妈平静地问他，今天学得怎么样？他拿出得了满分的试卷，递给她。原本沉默的妈妈，眼角流露出欢喜。看到试卷上所有的题目都被老师用红笔画了圆圈，妈妈使劲搂住了他。

——哎哟，我的孩子！

父亲不在家的日子，妈妈做什么都带着他，甚至允许他骑父亲的自行车。父亲铺过的褥子，妈妈给了他，还给他盖上父亲盖过的被子。妈妈用大碗给他盛饭，以前只有父亲才用那么大的碗。盛汤的时候，也是最先放在他面前。弟弟妹妹们想吃饭，妈妈责怪他们，你哥哥还没动筷子呢！每当水果商贩头顶着装满葡萄的塑料桶走过，妈妈就会舀起半瓢晒在院子里的芝麻换葡萄，然后对弟弟妹妹们说，这是给你哥哥吃的。每当这时，妈妈都会嘱咐他，你一定要当上检察官。

为了让妈妈留在家里，他觉得自己必须成为检察官。

那年秋天，父亲不在家，妈妈独自在家里割稻谷，剥好晒干。他想帮忙，妈妈却总是把他推到书桌旁，你学习吧。妈妈赶着弟弟妹妹去地里挖红薯，却坚持让他坐到书桌前学习。直到傍晚，挖红薯的人们才推着满载红薯的推车回家。二弟也想学习，却被妈妈拉着去挖红薯了。他趴在河边，洗着脚指甲里的黄土，问妈妈：

——妈妈，难道只有大哥最棒吗？

——对！只有大哥最棒！

妈妈不假思索地拍了拍二弟的脑袋。

——那么有没有我们都无所谓吗？

——对！没有也无所谓！

——那我们去找父亲了！

——你说什么？

妈妈还想再去拍打二弟的头，却又赶忙收回了手。

——好吧！你也最棒，你们都最棒！我最棒的孩子们，快来！

这时，河边才荡起了笑声。他在房间里，坐在书桌前学习。听到河边传来的家人们的声音，也跟着笑了。

不知从什么时候开始，到了夜晚，妈妈也不关大门。也不知从什么时候开始，每天早晨盛饭的时候，妈妈都在父亲的碗里也盛上饭，放在炕头。父亲不在家的日子里，他更加努力地学习。妈妈不愿让他帮忙做农田里的活儿。晒在院子里的辣椒被雨淋了，妈妈训斥几个孩子，可一想到他可能在书桌前学习，于是压低了声音。只要听到他的读书声，原本因为艰难和忧愁而眉头紧蹙的妈妈立刻豁然开朗，眼角犹如擦了粉似的光亮起来。妈妈常常轻轻地打开他房间的门，再轻轻地合上。妈妈拿来煮红薯或柿子，静悄悄地放入房间，再静悄悄地关门出来。那年冬天，一个雪花飞舞的日子，父亲走进妈妈敞开的大门，干咳了两声，在土房里甩了甩沾在鞋上的雪，推开了房门。天冷了，家人都挤在一个房间里睡觉。父亲摸了摸他和另外几个孩子的额头，看着他们。他眯着眼睛，目睹了这一幕，也看到妈妈把放在炕头的饭碗端上了桌子，然后拿出用香油烤好的紫菜，放在饭碗旁边。父亲夏天离开家门，冬天才回来，母亲却默默地盛来锅巴汤，放在父亲的碗旁，仿佛他是早晨出门，晚上回家。

他从夜间大学毕业之后，通过了现在这家公司的招聘考试，然而妈妈并不开心。村里人都说亨哲进了全国屈指可数的大财团，真让人羡慕。妈妈没有笑。他用第一个月的工资给妈妈买了内衣，她却瞪着他说：

——你的梦想怎么办？

他看了看冷冰冰的妈妈，回答说，先在这个公司努力工作，攒点儿积蓄，再用这些钱继续学习。

当时，妈妈还很年轻，是她让他具备了男子汉的坚毅。

妈妈正式跟他说对不起，是在把刚刚初中毕业的妹妹交给他时。那时候他还没有攒够钱，没有准备司法考试，带着妹妹从乡下进城的妈妈不敢正视他的眼睛。

——她是女孩子……应该让她继续读书。你想个办法，让她在这里上学。我不能让她像我这样。

首尔站钟楼前，妈妈拉过十五岁的妹妹的手，交到二十多岁的他的手中，转身想要回去。突然，她又改变了主意，提议一起吃汤泡饭。她总是捞出汤泡饭里的牛肉，夹进他的碗里。他说自己吃不完，让妈妈吃。她还是不停地捞自己碗里的牛肉。她说要吃汤泡饭，最后却什么也没吃。

您怎么不吃？他问。妈妈说，不是，我吃，我得吃。但是，她仍然捞出自己碗里的牛肉，放到他的碗里。

——可是你……你怎么办呢？

妈妈放下了粘着饭粒的勺子。
——妈妈有罪。妈妈对不起你啊，亨哲。

妈妈站在首尔站，准备乘火车回家。她那指甲剪得短短的粗糙的双手插在空空的口袋里，两眼含泪。他觉得妈妈的眼睛像牛的眼睛。

他给身在首尔站的妹妹打电话。天黑了。妹妹听出是他的声音，没有说话，似乎在等待他先开口。寻人启事上写了所有兄弟姐妹的手机号码，打给妹妹的电话最多，大多数都是没有用的信息。有人说老太太在他这里，甚至详细说明了位置。妹妹匆匆忙忙打车赶到那人所说的天桥下面，看到的却是连性别都和妈妈不同的年轻男子。也不知道喝了多少酒，睡得很死，恐怕叫人背走了都不知道。
——没找到。
他听见妹妹叹了口气，那是压抑已久的叹息。
——你还继续留在那里吗？
——再待会儿吧……还有寻人启事没发完。
——我现在过去，一起吃晚饭吧。
——我不想吃。

——那就喝杯酒吧。

——喝酒？

妹妹沉默片刻，开口说道，我接到一个电话，是驿村洞西部市场门前的西部药店的药师，看见了儿子带回来的寻人启事。他说大概几天前在驿村洞看到了酷似妈妈的人……不过他说那人穿着蓝拖鞋，也许是走路太多，脚背发炎了，他给上了药……

蓝拖鞋？他把手机从耳边移开。

——哥哥！

他又把手机放回到耳边。

——我正想去那里，哥哥要不要一块儿去？

——他说是在驿村洞吗？西部市场，是不是我们以前的住处附近的西部市场？

——嗯。

——我知道了。

他不想回家。他去找妹妹，也没什么特别的事情，就是不想回家，于是给妹妹打了电话。驿村洞？他朝出租车挥了挥手。真是不可思议，这段时间有不少人打电话说见过妈妈，而且好几个人都说看见妈妈穿着蓝拖鞋。他们提供的线索都有个奇妙的共同点，那就是都提到了他曾经住过的地方，说在那里见过他的妈妈。

开峰洞、大林洞、玉水洞、乐山公寓下面的东崇洞、水逾洞、新吉洞、贞陵洞，过去找的时候，他们说自己是在三天前或一周前看见的妈妈。还有人说是在一个月前，也就是妈妈刚刚走失的时候。每次他都会到那个地方去找，有时是自己，有时和弟弟妹妹，有时还有父亲。他们说看到了，可是每次都没有看到那个穿着蓝色拖鞋的酷似妈妈的人。听了他们提供的线索，他怀着试试看的心态在附近的电线杆上、公园大树上、公用电话亭里贴上寻人启事。每次走到曾经生活过的地方，他都会停下脚步，仔细看看曾经的家，尽管现在那里已经住了别人。不管他住在哪里，妈妈从来没有自己去过他在这个城市的家。总会有家人到首尔站或高速长途汽车站去接妈妈。每次妈妈来到这个城市，都要有人带领才能去别的地方，否则她就哪儿也不去。要去二弟家，二弟去接。要去妹妹家，妹妹去接。虽然谁也没说，但是他的家人都觉得妈妈在这个城市里寸步难行。因此，她身边总是有人跟随。发出寻找妈妈的广告，到处散发寻人启事，通过网络刊登寻人启事之后，他才意识到自己在这个城市里已经搬过十二次家了。他挺起腰，头向后靠着。驿村洞的房子是他在这个城市里拥有的第一栋属于自己的房子。

——再过几天就是中秋了……

前往驿村洞的出租车里,妹妹揉搓着指甲。他也在想这件事,哼了一声,皱起了眉头。中秋节要放几天假?每年中秋节,都会出现类似"今年选择海外旅行的人数多于以往"的新闻。几年前,人们对节日旅行还持批判态度。现在,人们竟然只是简单地跟祖先告个别,就理直气壮地去机场了。曾经有人聚集在酒店式公寓里举行祭祀活动,因此遭到质疑,祖先怎么可能找到酒店式公寓呢?如今,人们索性乘上了飞机。早晨妻子看报纸的时候,好像发现奇闻似的对他说,中秋节去海外的人数将会超过百万。看来我们国家的人很有钱,他回答说。妻子自言自语,出不去的人都是笨蛋。父亲静静地看着他们。别人家的孩子中秋节都去海外旅游,我们也应该带着孩子出去一趟吧。他听不下去了,狠狠地盯着妻子。怎么了?孩子们对这种事很敏感……父亲从餐桌旁站起来,走进了房间。你疯了吗?现在还有心情说这种话?他责怪妻子。这是孩子们说的,我说错什么了吗?怎么了,我转达孩子们的话也不行吗?郁闷死了。你想让我什么也不说吗?这回是妻子先站了起来。

——祭祀是不是还得做啊?

——你什么时候操心过祭祀的事了?每次过年连个人影都见不着,中秋节又算得了什么!

——我错了。我不该这样。

他看见妹妹停止了揉指甲的动作,双手插进了上衣口袋。每当妹妹在他面前感到紧张的时候,就会习惯性地做这个动作。啧啧!他咂了咂舌头。什么时候的事了?怎么还没改掉这个毛病?

他和妹妹、弟弟三个人住在单人房的时候,妹妹靠着墙壁睡觉,他躺在中间,弟弟睡在另一侧。睡着睡着感觉有人打自己的脸,他吓了一跳,连忙睁开眼睛,却发现弟弟的手搭在他的脸上。他轻轻放下弟弟的手,想要接着睡,这回妹妹的手又打在了他的胸口。乡下房子宽敞,他们都养成了睡觉打滚的习惯。有一次,他的眼睛挨了妹妹的打,疼得他连声尖叫。听见他的尖叫声,睡梦中的弟弟和妹妹惊醒了。

——喂!你!你!

许久之后,妹妹才明白是怎么回事。她不知如何是好,赶紧把手伸进了口袋。

——你要是再这样,就赶快回家吧!

当时也许不该说这句话。他转过头,看了看妹妹。他说完这句话后的第二天,妹妹真的回家了,带着全部行李回家了。妈妈又把妹妹送了回来,还让妹妹跪在他面前,向他认错。妹妹紧紧地咬着嘴唇。

——还不快认错!

妈妈又说了一遍,妹妹还是纹丝不动。妹妹看上去很乖,然而固执起来,谁也劝不了。他读初中的时候,强迫妹妹帮自己洗运动鞋。平时妹妹总是默默地帮他把运动鞋洗得干干净净。那天她却很生气,拎着他的新运动鞋来到小河边,扔进了水里。他沿着水流追到尽头。时至今天,这些事已经变成只有兄弟姐妹之间才能共有的回忆。当时,他好不容易找回一只鞋,还被水垢和水草染成了绿色。他怒不可遏,跟妈妈告了状。妈妈责骂妹妹,从哪儿学来的坏脾气,还冲她举起了烧火棍。妹妹说什么也不肯认错,还冲妈妈发了火。我说了,我不想!我说过我不想了!我不想做我不喜欢的事!

——我让你道歉。在这里,你哥哥就是家长。哥哥说你两句,你就背起行李回家,这个毛病要是不马上改掉,它会拖累你一辈子。以后你嫁了人,稍不如意,也要背着行李回娘家吗?

妈妈越是让妹妹向他认错,妹妹的双手在口袋里插得越深。妈妈很伤心,一边叹气,一边流着泪说,现在这孩子不听我的话了。做母亲的无能,也没有学问,连孩子都不把我放在眼里了……她先是不动声色地感叹,进而大滴大滴的泪珠往下流。这时,妹妹终于开口了,不是这样的,妈妈!为了让她停止哭泣,妹妹不得不说,我认错,我认错还不行吗?妹妹终于从口袋里拿出手来，向他认了错。从那之后，妹妹每天都把手插在口袋里睡觉。他稍微大点儿声说话，妹妹就赶紧把手伸进口袋。

妈妈失踪后，只要有人说什么，妹妹马上垂头丧气地说，是我不好，我不该这样。

——家里的玻璃谁擦？
——你说什么？
——这时候要是打电话，妈妈肯定在擦玻璃窗。
——玻璃窗？
——我问妈妈，为什么要辛辛苦苦擦玻璃。妈妈说，中秋节全家人都回来，玻璃窗脏了怎么行。

他的眼前立刻浮现出家里那么多的玻璃窗。几年前新盖的房子换掉了原来的窗扇，包括客厅在内的所有房间都有玻璃窗。

——我让妈妈找人擦玻璃。她就说，谁愿意到我们这个小村庄来擦玻璃……

妹妹叹了口气，把手伸向出租车的车窗，使劲擦了起来。每到这时，妈妈都要擦玻璃吗？

——我们小时候，妈妈不是擦玻璃，而是拆下家里所有的门窗……还记得吗？

——记得。

——真记得吗？

——当然记得！

——你说谎！

——你凭什么以为我说谎？妈妈还在门上贴枫叶，被姑姑责备。

——你真记得呀！还记得我们去姑姑家捡枫叶的事吗？

——记得。

盖新房子之前，每到中秋节，妈妈就会挑选阳光明媚的日子，拆下家里所有的门窗。妈妈把门窗用水冲洗干净，放在阳光下晾干，然后熬好糨糊，粘上新的窗纸。家里门窗很多，每次看到门窗都靠在围墙边上晾晒，就知道是中秋节了。

喀，喀，他清了清嗓子。

家里好几个男人，为什么妈妈贴窗纸的时候却没有人帮忙？妹妹也把手指伸进盛着黏稠糨糊的桶里，搅来搅去搞恶作剧。妈妈独自拿起刷子，像画兰花似的在窗纸上涂抹糨糊，干净利落地贴上门窗。她的动作看起来轻快利落。如今，他的年龄已经远远超过当时的妈妈的了，然而在他看来很多事情依然是想都不敢想，妈妈却做得得心应手。妈妈独自贴窗纸的时候，还会时不时地发挥她的浪漫气质。她拿着刷子，偶尔会让玩糨糊的妹妹或者跑来问需不需要帮忙的他去摘几片枫叶回来。家里柿子树、李子树、香椿、大枣树应有尽有，妈妈却唯独想要家里没有的枫叶。为了摘枫叶，他走出大门，穿过胡同，越过小河，经过新修的公路去姑妈家。听说他要摘枫叶，姑妈问他，摘枫叶干什么，是你妈妈让你摘的吗？哎哟，你妈妈这是哪门子的浪漫呀？大冬天打开粘着枫叶的门，岂不是更冷吗？不过，反正不管怎么说，她还是会粘！

　　他双手捧着枫叶递给妈妈，她挑选两片平整漂亮的枫叶对称地贴在门把手两侧，然后贴上窗纸。考虑到开门时会碰碎枫叶，她又在上面多贴了一层窗纸。他的房间门上，妈妈像贴花似的贴了五张窗纸，比其他房间的门足足多出三张，然后精心地用手背压紧，问他，满意吗？年幼的他伸出五只手指。不管姑妈怎么说，他还是觉得这样很漂亮。他说很美，妈妈的脸上立刻绽放出笑容。夏天经常开门关门，窗纸已经破了，有的地方漏了洞。妈妈不愿意这个样子过节，所以每年中秋节之前都要重新贴窗纸。这是她迎接秋天、迎接中秋节的方式，或者也是为了不让家人在夏末秋初的凉风中感冒。就当时来说，这是妈妈能够实现的最极致的浪漫。

　　他不由自主地像妹妹那样把手插进西裤口袋。秋去冬来，下雪了，新的春天来了，新的枫叶长出来了，妈妈贴在门把手旁边的枫叶仍然静静地陪伴着他们。

妈妈的失踪使他想起了很多遗忘已久的记忆深处的事情，包括那些门窗。

驿村洞不再是从前的驿村洞了。他在这个城市里拥有第一栋属于自己的房子时，这里还有很多胡同和平房。现在，高楼大厦鳞次栉比，到处都是服装店。他和妹妹没能找到当时位于驿村洞中心的西部市场，绕着公寓前前后后转了两圈，不得不向路过的女学生打听西部市场在哪儿。女学生告诉他们的方向和他们预料的方向截然相反。原来他每天都要路过的公用电话亭不见了，取而代之的是大型超市。那时候他的女儿刚刚出生，妻子说等女儿长大了要给她织毛衣，就在附近的毛线商店里学针织。现在，那家毛线商店也不见了踪影。

——应该是那里，哥哥！

他记得西部市场在大路边上，如今却被新修的道路掩盖了，连招牌都看不清楚了。

——这是西部市场前面。

妹妹先跑到市场门口看了看，然后跑回他身边，打量着那些店铺。

——是那里!

他转头看了看妹妹指着的方向,看见了夹在面食店和网吧之间的西部药店。五十多岁的药师戴着眼镜,看了看走进药店的他和妹妹。妹妹问,您看到儿子拿回来的寻人启事给我们打电话了,是吗?药师摘掉了眼镜。

——你们怎么把母亲弄丢了?

这是妈妈失踪后他们最不愿意听到的话。他们不想解释妈妈失踪的经过,只想快点儿找到她,然而人们每次都要问他们怎么会弄丢了妈妈。这个问题里夹杂着好奇和指责。起先他们还认真解释,在首尔站,在地铁站……如今他们只是回答,已经丢了,然后就闭口不语,神情沉痛。只有这样,才能彻底摆脱怎么弄丢了的问题。

——是老年痴呆吗?

妹妹没有回答。他说不是。

——你们寻找母亲的态度怎么是这样?我打完电话都多长时间了,你们才来!

听药师的语气,仿佛他们早点儿赶来的话,就能见到妈妈了。仿佛因为他们来晚了,妈妈又去了别的地方。

——您是什么时候看见的?跟我妈妈很像吗?

妹妹递过寻人启事，指着妈妈的照片问道。药师说是六天前看见的。住在药店楼上三层的药师早晨下楼，准备开门，却发现一位老太太躺在隔壁面食店的垃圾桶旁，穿着蓝色的拖鞋。也许是走路太多了，脚背破了，露出骨头，伤口已经化了脓，甚至都无法包扎。

——我是药师，看到她的伤口，不能无动于衷。我觉得应该先帮她消毒，于是我打开药店的门，拿出消毒剂和脱脂棉。这时老人醒了。我这个陌生人去碰她的脚，她也纹丝不动，看上去有气无力的样子。伤得那么严重，消毒的时候应该疼得大叫才对啊，可是她什么反应也没有。我觉得很奇怪。发炎时间太长了，不停地冒出脓水，气味也很难闻。消毒了好几次，终于消完了，涂了药，我觉得创可贴恐怕不管用，就用绷带包上了。我觉得老人需要有人保护，就走进药店准备报警，转念一想，应该先问问她有没有认识的人。我又走了出去，却看见老人在吃别人扔进垃圾桶的紫菜寿司，可能是肚子饿了。我说我给你饭，你把这个扔了吧。老人不肯，我就抢过来扔掉了。让她扔，她不扔，我抢过来，她却没有反抗。我让她先进药店。她好像没听懂我说话，没有动弹。是不是耳朵听不见啊？

妹妹没说话。他说不是。

——你住在哪儿？有没有认识的人？告诉我你知道的电话

号码，我可以帮你打电话。我说了那么多，老人只是不停地眨眼睛……我觉得这样下去不行，于是回到药店给警察署打了电话。等我再出来的时候，老人已经不见了。真奇怪，我打电话的时间又不长，怎么消失得无影无踪了呢？

——我妈妈没穿蓝拖鞋，她穿的是乳白色的凉鞋。您确定您看到的老人穿的是蓝拖鞋吗？

——是的。她穿的是天蓝色衬衫，外面套的衣服太脏了，分不清楚是白色还是黄色。裙子也很脏，看不出是白色还是乳白色，不过能看出是有褶皱的裙子。小腿已经被蚊子叮得伤痕累累，血淋淋的。

除了蓝拖鞋，别的都跟妈妈失踪时穿的吻合。

——照片上的妈妈穿的是韩服，发型也不一样……这不是妈妈失踪前的照片，而是在精心打扮之后拍的。看到那位老人，您怎么会联想到我的妈妈呢？

也许是因为药师描述的老人太狼狈，妹妹希望那不是自己的妈妈。

——就是这个人，眼睛一模一样。我小时候放过牛，经常看到这样的眼睛。不管打扮成什么样子，眼睛总归改变不了，怎么能认不出来呢？

妹妹坐在药店的椅子上。

——后来警察来了吗?

——我马上又打了电话,说老人已经走了,不用来了。

看到他无力的肩膀和缓慢的脚步,妹妹从儿童乐园的木椅上站了起来。夜深了,儿童乐园里一个孩子也没有,只有几位出来散步的老人坐在椅子上。走出药店,他和妹妹就分开了,约好两个小时后在新建公寓的儿童乐园会合。他到从前的住处附近去找。他住过的房子已经不见了,变成了崭新的公寓。妹妹到稍许保留了旧貌的西部市场去找。听说那个可能是妈妈的女人从面食店旁的垃圾桶里捡紫菜寿司,他开始仔细观察每栋建筑物的垃圾桶周围,甚至连公寓的分离收集箱也不放过。一边看,一边猜测自己以前住过的房子大概在什么位置。应该是附近最长的胡同里的倒数第二家。胡同太长,晚上回家的时候,总要回头看两三次,才能到达。

妈妈来这里,会不会是为了找那座房子?

第一次来这座房子那天,妈妈从乡下带来了蒸锅大小的铜壶,赶到了首尔站。铜壶里装满了红豆粥。那时候他还没有汽车,接过妈妈手里装满红豆粥的铜壶,很不耐烦地说,妈妈拿这么重的

第二章 亨哲呀,对不起

东西干什么。她也只是笑而不答。走进胡同，妈妈就问，是这家吗？过去之后，她就指着下一栋房子问，是这个吗？他在自家门前停下脚步说，是这家。妈妈的脸上露出了笑容。她轻轻推开大门，仿佛是出来旅行的少女。哇，还有院子，还有柿子树，这是什么？哦，这不是葡萄树吗？刚刚进门，妈妈就从铜壶里盛出一碗红豆粥，洒在家里的角角落落。她说只有这样才能让邪气进不了家门。这也是他的妻子在这个城市拥有的第一座房子。这座房子总共有三个房间，他打开一间，兴奋地对妈妈说，这是您的房间，每次来首尔，您就舒舒服服地住在这里。妈妈往房间里看了看，脸上带着歉疚的表情说，还有我的房间？

午夜已过，听到院子里有动静，他从房间里往窗外张望。妈妈正在院子里踱来踱去。她摸了摸大门，摸了摸葡萄树，坐在通往玄关的台阶上望着夜空，然后走到柿子树下站住了。他担心妈妈会在院子里徘徊整夜，于是打开窗户，对妈妈说，进屋睡吧。妈妈说，你怎么还不睡？说完，好像第一次呼唤他的名字似的说，亨哲呀，你出来一下。他走进院子，妈妈从口袋里拿出一个信封，放到他手里。现在只要安上门牌就行了，一定要用这个钱安装门牌。他接过装钱的信封，望着妈妈。妈妈搓着空空的双手。

——妈妈对不起你。你买房子，我也帮不上什么忙。

那天凌晨，他去完卫生间回来的路上，轻轻推开妈妈的房门。妈妈和妹妹并排而卧，睡得正酣。

妈妈在首尔的第一夜，是和二十岁的他在洞事务所的值班室里度过的。从那之后，妈妈来首尔也还是没有舒适的落脚地。妈妈乘坐汽车来首尔参加亲戚的婚礼，他和弟弟妹妹去看妈妈。那时候，妈妈的行李也是一个包袱。婚礼还没结束，妈妈就催着他或弟弟妹妹去他们的出租房。回到出租房，妈妈赶紧脱下参加婚礼时穿的西装。用报纸、塑料袋或南瓜叶子包着的各种东西纷纷掉出妈妈的包袱。不到一分钟，她就换上了卷成团夹在包袱角落里的宽松衬衫和小碎花裤子。她拿碗盛好用报纸、塑料袋和南瓜叶包着的小菜，甩了甩手，麻利地取下被套，洗了起来。妈妈用盐渍过白菜，除掉水分，腌成泡菜，又拿起铁刷子，擦拭被炭火或火炉熏黑的饭锅，直到油光锃亮。等晾在楼顶的被套干了，妈妈麻利地缝好。妈妈淘米，做大酱汤，准备晚饭。碟子里装满了妈妈从家里带来的酱牛肉、炒银鱼、苏子叶，摆满了晚餐桌。他和弟弟妹妹舀一口饭，妈妈就往他们的勺子里夹一块酱牛肉。他们让妈妈也吃，她总说，我吃饱了……他们吃饱了，妈妈收拾好饭桌，用水龙头下面的胶桶接满凉水，买个西瓜放在里面，然后迅速换上只有参加婚礼才穿的西装，对他们说，送我去首尔站。这时候天色已黑，他们劝妈妈在这里过夜。她说，我得回去，我还有事呢。妈妈所谓的有事就是干农活，尽管在这里过夜也不会耽误多少，然而她还是坚持要在夜里坐火车回家。也许是因为房间只有一个，三个已经长大成人的孩子只能蜷缩着睡觉，生怕碰到别人，不敢随便活动。妈妈只是说，我得回去，我还有事呢。

妈妈两手空空，在首尔站等待回乡下老家的夜班火车。妈妈疲惫的样子总是刺激他产生新的斗志。我要快点儿赚钱，搬进有两个房间的房子。我要住进传贳房[1]，我要在这个城市里拥有自己的房子，只有这样，才能腾出房间，让妈妈安安心心地在这个城市里过夜。每当妈妈乘坐夜班火车回家的时候，他都会买一张站台票，陪着她进站等车，帮她找到座位，再把装有香蕉、牛奶或橘子的塑料袋递到妈妈手里。

——别睡着了，一定要在 J 站下车。

妈妈的神情有时悲伤，有时坚定，她督促他说，在这里，你是弟弟妹妹的家长。

---

[1] 传贳是韩国特有的物权制度，通常称为"全税"或"全租"。简单地说，传贳就是房客在签约入住前交给房东一定额度的押金，即传贳金，传贳合同期满后，房东则将全部传贳金返还房客。传贳合同通常每两年为一个周期，双方可以协议续签。一般来说，最初交的传贳金是合同标的房产价格的 60%—70%。

只有二十多岁的他搓着手，静静地站着。妈妈从座位上站起来，抚平他的手掌，伸展开他的肩膀。

——做哥哥的应该昂首挺胸，给弟弟妹妹做榜样才行。哥哥走错了路，弟弟妹妹也会跟着走错。

火车快要出发了，妈妈的眼里含着热泪。妈妈眼含热泪，冲着他笑，对他说，妈妈对不起你啊，亨哲。

他的妈妈在 J 站下车的时候，应该是凌晨时分。开往村子里的汽车最早也要在早晨六点钟之后才有。他的妈妈下了火车，只能沿着小路一步一步走回家。

——要是多带些寻人启事就好了，至少可以多贴几张。

——明天我来贴。

明天他要陪同社长一行去看仁川的样板间，这件事他不能推托。

——要不让小真妈妈去吧？

——让嫂子休息吧，父亲还在家呢。

——那就叫上小弟。

——那个人会帮我的。

——那个人？

——如果找到妈妈，我就跟那个人结婚。妈妈一直都盼着我结婚。

——既然那么容易做决定，怎么不早点儿？

——妈妈失踪之后，所有的事情都有了答案。哥哥，妈妈想要的，我都可以做到，并不是什么难事。真不知道我为什么要让妈妈为这些事情操心，以后我也不坐飞机了。

他的情绪低沉下来，拍了拍妹妹的肩膀。妈妈不喜欢妹妹乘飞机去别的国家。万一出事，要死两百多人，你不害怕吗？如果是因为战争，那谁都没有办法躲避，可是你怎能这样不爱惜自己的生命呢？妈妈强烈反对妹妹乘坐飞机，从那之后，妹妹每次坐飞机都瞒着妈妈。不管是个人旅行，还是工作，只要是坐飞机，妹妹从不告诉妈妈。

——那座房子门前的院子里，玫瑰花真漂亮……

他在黑暗中凝视着妹妹。他也在想那个家里的玫瑰花。买房子之后的第一个春天，妈妈来到首尔，非要跟他去买玫瑰花。玫瑰花？从妈妈口中听到"玫瑰"这样的字眼，他简直不敢相信自己的耳朵，疑惑地问了声，玫瑰花？就是红色的玫瑰花呀，怎么了？买不到吗？不，能买到。他带妈妈去了买花卉的花园，花花草草琳琅满目。妈妈说，我最喜欢这种花了。她买了很多玫瑰花，远远超出他的想象。回到家里,妈妈在围墙边挖了个坑,弯着腰,把花种了下去。从前妈妈要么种黄豆,要么种马铃薯和芝麻,或者白菜、萝卜、辣椒。播种也好,栽秧也好,总归都是收割后可以吃的东西。他第一次看到妈妈为了观赏而种花。妈妈种花的样子在他看来是那么陌生。他问妈妈,是不是离围墙太近了。妈妈说,也要让围墙外面的过路人看到。搬离那座房子之前,每年春天家里都有玫瑰盛开。正如妈妈当初种植玫瑰花时期待的那样,花开时节,门前经过的人们都会在围墙下驻足,闻闻花香。雨过天晴,围墙下面堆满了凋零的红色玫瑰花瓣。

他们没吃晚饭,而是在驿村洞大型超市的酒吧里喝了两杯酒。妹妹从包里拿出笔记本,翻开来,递到他面前。或许是空腹喝了两杯生啤的缘故,妹妹脸红了。借着灯光,他看见了妹妹递来的笔记本上写着的几句话。

我想给眼睛看不见的人读书。
我要学汉语。
如果我有很多钱,我想有一家小剧场。
我想去南极。
我想去圣地亚哥城徒步旅行。

下面三十多行都是以"我"开头的句子。

——这是什么？

——去年 12 月 31 日，迎接新年的时候，我没写小说。我写出了自己想做的事情，今后十年必须做的事和我想做的事，然而我的全部计划之中唯独没有陪妈妈。写下这些句子的时候没有意识到，但是妈妈丢了以后回头再看，我才发现是这样。

妹妹的眼里泪光闪闪。

他喝醉了酒，从电梯上下来。他按了门铃，却没有人开门。他跌跌撞撞地从口袋里拿出钥匙，打开了门。告别妹妹，他自己又去了两家酒吧。那个也许是他妈妈的女人，那个穿着蓝拖鞋，因为走路太多而被拖鞋磨坏脚背，露出骨头的女人。每当这个女人的身影在他眼前晃动时，他就举杯痛饮。客厅里关了灯，寂静在房间里蔓延。妈妈带来的圣母像凝视着他。他跟跟跄跄，想回卧室，经过女儿房间的时候，轻轻地推开门看了看。父亲睡在这个房间。他看到父亲挺直后背，睡在女儿床下的褥子上面。他走进房间，拉起堆在旁边的被子，给父亲盖好，然后轻轻关门出来。他走进厨房，拿起放在餐桌上的水瓶，往杯子里倒了水，喝了下去。然后，他开始打量自己的家。什么都没有改变，冰箱发出的声音一如从前，喜欢推迟洗碗的妻子堆在水槽里的餐具也一如从前。他低下头，走进卧室，呆呆地望着睡梦中的妻子。项链在妻子的脖子上闪闪发光。他猛地掀起了盖在妻子身上的被子。妻子揉着眼睛，坐了起来。

——什么时候回来的？

他的粗鲁带着无言的责备，你还有心思睡觉？妻子幽幽地叹了口气。自从妈妈失踪之后，他莫名其妙地冲妻子发脾气的次数越来越多。每次回家，他就忍不住生气。二弟打电话来询问情况，还没等说上几句，他就勃然大怒，你没有什么要告诉我的吗？你小子究竟在干什么！父亲说自己留在首尔也帮不上什么忙，想回乡下。他忍不住大声说，您回乡下干什么！妻子准备好的早餐，他看也不看，直接就去上班了。

——你喝酒了？

妻子夺过他手里的被子，伸展开来。

——你能睡着吗？

妻子整了整衣角。

——那你让我怎么样？

妻子忍无可忍，大声吼道。

——都是因为你！

他也知道自己是无理取闹。

——怎么是因为我？

——你要是去接，不就什么事都没有了！

——我不是说了吗？我要去给小真送腌好的小菜。

——为什么偏偏赶在那天去送？父母从乡下来首尔，再说又是父母的生日，你为什么偏偏赶在那天去给小真送小菜？

——父亲说他自己也能找到！首尔难道只有我们吗？那天父亲说要去二弟家。这个先不说，小姑子不是也在首尔吗……还有小弟呢。父母来首尔，难道非要住在我们家，非要我去接吗？我两个星期都没去看小真了。明明知道她已经没有吃的了，我怎么能不去看看。又是去看小真，又是做这做那，我也筋疲力尽了。再说了，小真还在准备考试……你知道这次考试对小真来说有多么重要吗？

——都那么大的孩子了，你打算给她送到什么时候？奶奶丢了，她连个面都不露。

——小真回来能干什么？我让她不要回来。我们也都尽力找过了，连警察都找不到，我们还能怎么样呢？首尔这么多人，难道我们要挨家挨户按门铃，问我们的妈妈在不在那里？大人都束手无策，小真又能帮上什么忙？上学的孩子应该好好上学才对。母亲不在了，难道我们每个人都要抛开自己的事情不管吗？

——不是不在，是丢了。

——那你想让我怎么样？！你不也在上班吗？

——什么？

他怒不可遏，拿起房间里的高尔夫球杆想要扔出去。

——亨哲！

刚才还在女儿房间睡觉的父亲站在门口。他放下了手里的球杆。父亲默默地看了看他和妻子，转过身去。父亲是为了让孩子们轻松，才来首尔过生日。如果一切按计划进行，他们将在妻子预订的韩式套餐饭店里为父亲庆祝生日。妈妈肯定会说，连我的生日也过了吧。可是妈妈丢了，父亲的生日也只能稀里糊涂地过去了。父亲生日几天后的祭祀，也只好由婶婶和姑妈操办。

他跟着父亲过去。父亲推开房门，回头看了看他。

——都是我不好。

——……

——不要吵了，我不是不理解你的心情，可是又有什么办法呢？跟我在一起，你妈妈没过上什么好日子。不过她是个好人，肯定会平安无事。既然平安无事，早晚就会有消息。

——……

——我要回家了。

父亲静静地站着，看了看他，走进房间。他望着紧闭的房门，紧紧咬了咬嘴唇。蓦地，热流涌上胸膛，他用双手抚摸着胸口，习惯性地揉了揉脸，放下了手。他感觉到了妈妈温暖而朴素的手。

妈妈不喜欢看他搓手，或者耷拉着肩膀。如果他在妈妈面前这样，她马上就会抚平他的手掌，帮他展开肩膀。每当他低头的时候，妈妈就用手掌拍打他的后背，告诉他，男子汉应该昂首挺胸。他没能成为检察官。虽然妈妈总把这件事说成"你想做的事"，其实这也是妈妈的梦想，只是他以前不知道。他只知道自己年轻时的梦想没有实现，没想到自己也辜负了妈妈的梦想。妈妈这辈子总觉得是自己让他没能做成想做的事，直到现在他才恍然大悟，应该说对不起的人是他，他没能兑现承诺。如果找到妈妈，一定要专心照顾。这种欲望充盈着他的胸膛，他感觉胸膛快要爆炸了。然而他也知道，他已经丧失了这种能力。

他在客厅的地板上跪了下来。

# 第三章
我，回来了

一个年轻女人站在紧锁的蓝色大门前，向里张望。

——你是谁？

你在身后咳嗽了一声，年轻女人回过头来。女人头发束在后面，额头平正光滑，眼睛里露出喜悦。

——你好！

你看了看她。年轻女人的脸上露出微笑。

——这里是朴小女阿姨的家吗？

房子空了很久，门牌上只有你的名字。朴小女，人们都称呼你的妻子为老奶奶，很长时间没有人称呼她为阿姨了。

——什么事？

——阿姨不在家吗?

——……

——真的失踪了吗?

你呆呆地望着年轻女人的眼睛。

——你是谁?

——啊,我是南山洞希望院的洪泰熙。

洪泰熙?希望院?

——这是家孤儿院,阿姨很久没来,我正担心呢,后来看到了这个。

年轻女人递过来儿子在报纸上刊登的广告。

——我不知道发生了什么事,来过好几次,门总是锁着。今天我还以为又要扑空了……我想听听究竟是怎么回事,我还要给阿姨读书呢……

你掀开放在大门前的石头,拿出钥匙,打开了门。家里空了很久,你一边伸手推门,一边观察着里面的情况。院子里很安静。

你请那个自称洪泰熙的年轻女人进了家门。答应给她读书?给妻子读书吗?你从没听妻子说起过希望院,也没说起过这个名叫洪泰熙的女人。洪泰熙走进院子,冲着里面喊了声"阿姨",她似乎不相信妻子真的失踪了。没有人回答,洪泰熙的脸色也变得慎重起来。

——离家出走了吗？

——不是，是走丢了。

——什么？

——在首尔走丢了。

——阿姨吗？

洪泰熙瞪大了眼睛，说你的妻子早在十几年前就到希望院给孩子们洗澡、洗衣服，在那里的院子里做农活。

妻子她？

洪泰熙说你的妻子是一个值得尊敬的人，每个月都向希望院捐赠四十五万元。连续几年了，从来没有遗漏。

四十五万元？

首尔的孩子们每个月寄给妻子的钱是六十万元。孩子们大概觉得两个人在农村生活，这些钱就足够了。钱的确不少了。起先，妻子说和你一起花这些钱，但是不知从什么时候开始，她就说这些钱要自己花。你有点儿惊讶，妻子怎么突然对钱产生了欲望。妻子不让你问这些钱的用处，还说自己养大了孩子，有资格花这些钱。她似乎也是考虑了很久才说出这番话，否则不可能用这样的语气说话。这不是你了解的妻子惯有的说话语气，感觉像是在电视剧里听到的台词。你甚至觉得，她肯定对着空气练习了好几天。

有一次，妻子要求把三斗落[1]水田划到自己名下。你问为什么，她说因为人生无常。妻子还说孩子都有自己的人生路，而她已经变成了无用之人。那是五月份父母节的第二天，几个孩子都没打电话。妻子到镇上的文具店里买了两朵康乃馨，上面的飘带上有"谢谢您生我养我"的字样。

——我怕被别人看到！

妻子让站在新修公路上的你回家。回家以后，她让你进了房间，锁上门，在你衣服前襟上戴了朵康乃馨。

——我有好几个孩子，可是今天这样的日子连朵花都没有，别人会怎么说？我就自己买了。

妻子在自己的衣服前襟上也戴了买来的花。鲜花总是下垂，妻子戴了两次。你刚走出大门就把花摘掉了，妻子却戴了整整一天。第二天，妻子病倒了，翻来覆去好几天睡不着觉，突然坐起身来，要你往朴小女的名下划三斗落水田。你说，我们的水田都归你，你只要求划三斗落，其实是你吃亏了。听你这么说，妻子闷闷不乐地说，你说得也对。但是，当她提出孩子们寄来的钱都由她自己支配的时候，态度相当坚决。面对妻子的气势，你知道自己无可奈何，否则非要爆发家庭大战。你的条件是妻子可以自

---

[1] 斗落是韩国土地的计量单位，意为播种一斗种子的田地。具体面积根据山地、平地或肥沃程度而定，通常来说一斗落水田相当于一亩，一斗落旱田相当于一亩半。

由支配孩子们寄来的钱,但是从今往后就不能再花你的钱了。妻子爽快地同意了。她没有买衣服,也没有做别的事情,但是你偷看过她的存折,每个月都要取出四十五万。偶尔孩子们寄钱晚了,妻子就给负责收齐兄弟姐妹的钱再寄给妈妈的女儿打电话,让她快点儿寄钱过来。这个举动也不像妻子的风格。你说好不问她的钱用在何处了,所以就没有多问。既然她每个月都在同一天取出四十五万元,你就猜测她是感觉人生无常,偷偷攒起来了。你相信肯定是这样,还找过她的存折,尽管没有找到。听洪泰熙这么说,你才知道,原来妻子每个月都从六十万中拿出四十五万,捐赠给位于南山洞的希望院。你感觉像是挨了妻子的当头一棒。

洪泰熙说,孩子们喜欢阿姨胜过喜欢她。有个名叫小均的孩子,阿姨对她犹如亲生母亲。阿姨突然不来孤儿院,小均非常难过。这个孩子出生不到六个月就被抛弃了,连名字都没有,还是阿姨给他取名叫"小均"。

——你是说叫小均?

——是的,叫小均。

洪泰熙说,小均明年就上初中了。阿姨答应他,等他上了初中,就给他买书包和校服。小均。你的心凉了半截。你静静地听着洪泰熙说话。妻子去南山洞孤儿院做事已经十几年了,你却什么都不知道。你甚至怀疑,你丢失的妻子真的是洪泰熙所说的朴小女阿姨吗？她什么时候去的希望院？她为什么从来不说？你默默地看着儿子登报的寻人启事上的照片，走进房间。你取出抽屉深处的相册，翻开一页，拿出一张妻子的特写。妻子和女儿并肩站在海边的防洪堤前，抓住被风吹起的衣角。你把照片递到洪泰熙面前。

——是这个人吗？

——哎呀！阿姨！

看到妻子清晰的照片，洪泰熙仿佛看到了她本人，亲切地叫了声阿姨。也许是因为阳光耀眼，照片上的妻子皱着眉头，似乎在看你。

——你说答应给她读书，这是什么意思？

——阿姨在希望院里做了很多脏活累活。她最喜欢给孩子们洗澡。阿姨非常勤劳，每次她来，希望院就变得熠熠生辉。我不知道该怎样感谢才好，问她需不需要帮忙，阿姨总是说不用。有一天，阿姨拿来这本书，让我每次给她读一个小时。她说这是她喜欢的书，但是眼睛不好，不能读了。

——……

——就是这本书。

你凝视着洪泰熙从包里拿出来的书。这是女儿写的书。

——阿姨说这位作家出生于我们这里，初中之前都是在这里读书，所以她很喜欢这位作家……以前给她读的也是这位作家的书。

你拿起了女儿写的书《爱无止境》。原来妻子想读女儿写的书啊。她从来没跟你提过。你从来没想过给妻子读女儿的书。别的家人也知道妻子不识字吗？你最初知道妻子不识字的时候，妻子好像受了很大的侮辱。你年轻时在外面鬼混，有时冲着妻子大叫大嚷，有时大声对妻子说，你不懂！这些都被妻子归咎于自己不识字，认为是你看不起她。事实并不是这样，然而你越否认，妻子越认定。现在你才觉得，也许真像妻子说的那样，你在潜意识里轻视妻子。你从来没想过会有别人给妻子读女儿的小说。为了不让这个年轻女人察觉出自己不识字的事实，妻子不知道花了多少心思。她该有多么想读女儿的小说，否则不会隐瞒小说作者是女儿的真相，推说自己眼睛不好，让年轻女人读给她听。你的眼睛湿润了。妻子是怎样在这个年轻女人面前按捺住炫耀女儿的冲动的呢？

——哎，这个可恶的女人。

——什么？

洪泰熙瞪大眼睛，吃惊地注视着你。既然那么想读，为什么不让我读给她听？你用双手使劲揉着干燥而粗糙的脸。如果妻子让你给她读女儿写的小说，当时的你会读给她听吗？妻子走失之前，你几乎已经忘却了她的存在。没有忘记时，大部分都是有求于她，或者责怪她，要么就是对她置之不理。习惯是可怕的东西。面对别人你的语气谦卑，然而回到妻子身边，你立刻就变得气呼呼的了，偶尔还会说出这个地方特有的脏话。仿佛哪本书上说过，不能对妻子用谦卑的语气说话。是的，就是这样。

——我，回来了。
洪泰熙走了，家里又变得空荡荡的。你喃喃自语。

你年轻的时候，甚至结婚生子以后，还是总想着离开这个家。想到这个南部地区普普通通的小村庄，你将生于斯、老于斯，于是觉得好孤独。每当这时，你就无言地走出家门，浪迹全国各地。到了祭祀的时候，你仿佛受到基因派遣似的回家。然后再出门，直到浑身疼痛难忍，你终于懒洋洋地回家。恢复健康以后，有一天，你学会了骑摩托车。你带着一个迥异于妻子的女人，骑着摩托车离开了家门。你甚至想过永远不再归来。你想彻底忘掉这个家，重新开始另外的人生。然而不过三季，你就彻底打消了这个念头。

离开家门，渐渐熟悉了陌生的环境，你的眼前情不自禁地浮现出妻子养的东西，狗、鸡，怎么挖也挖不完的马铃薯……还有孩子们。

在地铁首尔站丢失妻子之前,她对你来说只是亨哲妈妈。她是永远矗立不动的大树,除非被人砍伐,或者被人拔走,否则绝对不会自行离开。直到那一天,你才知道,也许永远也见不到亨哲妈妈了。亨哲妈妈走失以后,你才真真切切地感觉到她是你的妻子,而不仅仅是亨哲妈妈。从五十年前到现在,一直都被你遗忘的妻子终于生动地呈现在你的心里。妻子失踪了,你却对她产生了触手可及的真实感。

你终于了解到这二三十年来妻子的状况。妻子陷入了精神麻木的状态,常常什么也想不起来。即使走在村中熟悉的道路上,她也会找不到家,呆坐在路边。面对用了五十年再熟悉不过的锅和缸,有时她却露出疑惑的目光,仿佛不知道那是什么。家里到处都是妻子掉落的头发。有时她理解不了电视剧,甚至忘记唱了五十年的那首歌,那首以"如果你问我爱情是什么"开头的歌。有时候妻子看上去似乎连你也忘记了,或者连她自己也忘记了。

不仅如此。

有时候，妻子仿佛在渐渐干涸的水中找到了什么，清清楚楚地记得某些事情，甚至记得你哪天离开家，还在库房门缝里夹了包着钱的报纸。虽然你没有说，但是离家的时候还能想着给家人留钱。她说谢谢你。妻子说，如果不是发现了那些卷在报纸里的钱，真不知道怎么度过那段日子。妻子说应该重新拍张全家福，因为上次的全家福里没有小女儿在美国生的孩子。

直到这时，你终于幡然醒悟，原来妻子深陷混沌，而你还蒙在鼓里。

妻子因为疼痛而双手抱头昏迷不醒的时候，你以为她在睡觉。你还希望她不要随便躺在什么地方就入睡。最后她连房门都打不开，急得团团乱转的时候，你还责怪她，让她睁大眼睛好好走路。你从来不觉得自己应该关心和照顾她。你无法理解她混乱如麻的时间概念。她嘴里念叨着年轻时养过的猪的名字，调好猪食，放在空空的猪圈，然后坐在前面说，这回不要只生一只小猪，你要生三只……我会很喜欢你的……即使在这样的时刻，你仍然觉得妻子是在说着无聊的笑话。那一年，母猪生了三只猪崽，妻子用卖三只猪崽的钱给亨哲买了自行车。

——在家吗？我，回来了！

你冲着空荡荡的家高声呼喊，侧耳倾听里面的动静。

——回来了？

你期待着妻子迎接你的声音，然而空荡荡的房子里只有寂寞在弥漫。每当你从外面回到家，只要说声"我回来了"，妻子肯定会从家中某个角落探出头来。

——你就不能不喝酒吗？没有我，你也能活，要是没有酒，我看你是活不了了。孩子们每次打电话都为这个担心，你就不能戒酒吗？

妻子一边把枳棋子熬成的汤水放在你面前，一边不停地发着牢骚。

——你要是再喝酒，我就离家出走……上次医生不是说过吗，酒对你伤害最大了。日子越过越好，你要是不想多活，那就继续喝吧。

有时候你和别人出去吃午饭，喝了酒回来，妻子会大发雷霆，仿佛到了世界末日。对于妻子的唠叨，你总是左耳听右耳冒，然而此时此刻，你竟无比怀念她的唠叨。为了听到妻子的唠叨，你甚至在下火车后进了旁边的米肠汤饭店，大白天喝了酒回来。然而你的耳边悄然无声。

你看了看侧院小门旁边的狗窝，连狗也没有动静。没看见狗链,看来是你姐姐懒得给狗送食,索性把狗带回自己家去了。你没有关闭大门,径直走进庭院,坐在廊台上。偶尔妻子自己去首尔后,你也是这样独坐廊台。妻子打来电话,问你吃饭了没有。你说,什么时候回来?妻子问你,怎么了?想我了吗?你说,有什么好想的……不用管我,你在首尔待够了再回来。不管你怎么说,只要听见你问"什么时候回来",妻子就会马上乘火车回家,不管去首尔有什么事。看到她回来,你劈头盖脸地责问,回来干什么?不是让你待够了再回来吗?她瞪你一眼说,你以为我是为你回来的吗?我是惦记着喂狗……

妻子养育的那些东西让你放弃了在异乡得到的一切,回到了自己的家。推开这扇大门进来,就会看到妻子头戴沾满灰尘的头巾,让亨哲坐在书桌前,自己去挖红薯,做酒曲。你姐姐常说,打仗的时候,你为了躲避兵役而四处奔走,在家里就睡不着觉,结果养成了习惯,最终使你患上了流浪病。你并没有逃避兵役,有时候你厌倦了四处躲避的日子,主动去了警察署。当时你的叔叔是警察,只比你大五岁,他送你回来了。他说,即使家道没落,你也是这个家族的宗孙[1],必须活下来。你必须留下来守护祖坟,

---

[1] 宗孙是家族中的长房长孙,承担家族中的祭祀义务,负责在重大事务中联络家族成员等。

操持祭祀。不过，并没有人把你的食指放在铡刀下面切断。因为真正守护祖坟，每个季节忙于准备祭祀的人是你的妻子。也许是这个缘故吧？你有家不能回，只能顶着露水在外睡觉。莫非是这样的生活把你变成了流浪汉？也许是吧。有时你睡在家里，总担心有人推开大门来把你抓走，因此在深更半夜逃跑似的离开家。某个冬天的夜晚，你回到家里却发现，孩子们突然间都长大了。天冷了，家人都挤在一个房间里睡觉。妻子拿出放在炕头的饭碗，拉过盖着桌布的饭桌，推到你面前。那是个雪花纷飞的夜晚。妻子在炉火上烤了紫菜。闻到香喷喷的紫苏油，孩子们纷纷睁开眼睛，拥到你的身边。你用妻子烤好的紫菜包着饭，塞进孩子们嘴里。你给大儿子、二儿子和大女儿吃完，小女儿和最小的儿子还没有吃到，然而已经吃完的大儿子又在等着你喂他吃了。你包饭的速度赶不上孩子们吃饭的速度。你开始害怕孩子们的嘴巴，甚至想这些家伙可怎么办啊？这时候你才觉得自己应该忘掉外面的事情，不能再离家出走了。

——我，回来了！

你急忙推开房门。房间里空空如也。离开家之前，妻子叠好的几条毛巾仍然整齐地放在炕头。那天早晨，你吃过药以后，水杯放在地板上，现在杯子里的水已经干了。壁钟指向下午三点，竹影从后门映进来。

——我回来了。

你对着空荡荡的房间自言自语，你的肩膀明显地低垂下去。你为什么会有这种想法呢？儿子强烈反对你自己回家，家里没有人，你回来干什么呢？可是今天早晨，你不顾儿子的反对，坚决乘火车回来了。在路上，你心底的某个角落还藏着一丝希望。只要你走进家门，喊一声"你在家吗？我，回来了"，正在擦房间，或者正在库房里择菜，或者正在厨房里淘米的妻子就会出来迎接你，像往常那样说"回来了"。你觉得肯定会这样。然而家里空空荡荡。房子空置久了，甚至会散发出奇怪的气息。

你站起来，打开空房子里所有的房门。你在吗？卧室、小房间、厨房和锅炉房的门都打开了，你挨着问了个遍，你在吗？你还是第一次这样焦急地寻找妻子。我离开家的时候，妻子也这样找过我吗？你眨着干涸的眼睛，推开厨房门，又往库房那边看了看，喃喃自语"你在那边吗"，只有平板床孤零零地放在库房里。曾经你看到站在这里埋头做事的妻子也不声张，倒是妻子突然往你这边看来，问你，怎么了？想找什么吗？你说，我要去趟镇上，袜子在哪儿？妻子手上本来戴着橡胶手套，听你这么一说，连忙摘下手套，跑进房间，找出你要穿的袜子。如今，你呆呆地望着空荡荡的库房。

——喂……我肚子饿了，想吃点儿东西。

你冲着放在库房里的空床嘀咕。妻子不管是在摘辣椒蒂，在叠苏子叶，还是在腌白菜，只要听说你想吃东西，她就会毫不迟疑地停下手中的活儿，来到你身边，跟你说，山上长出了刺老芽，我挖了些回来，给你做刺老芽煎饼，怎么样？想不想吃？当时的你怎么就没意识到这是幸福呢？你从来没给妻子煮过海带汤，凭什么理所当然地享受她为你所做的一切？有一次，妻子从镇上回来，说路过你常去的那家精肉店门口时，女主人坚持让她进去，请她喝了海带汤再走。原来今天是女主人的生日，早晨丈夫给她煮了海带汤。你静静地听着，妻子继续说，其实味道也不怎么样，可是我真的很羡慕精肉店的女主人啊。你干涸的眼睛眨个不停。在哪儿呢……只要妻子能回到这个家，你不但可以为她煮海带汤，还可以做煎饼。是在惩罚我吗……你干涸的眼睛里泛起了泪花。

你想走的时候，随时都可以离开家门。你想回来的时候，随时都可以回来。可是你从来没想过，妻子也会离开这个家。

直到妻子失踪，你才想起第一次见到她时的情景。婚约确定前，你们从来没有见过面。那时候，联合国司令官和共产党司令官之间在板门店达成休战协议，战争结束了，但是气氛比战争中更恐怖。每到深夜，人民军就从山里跑下来，到村庄里扫荡。家里有婚龄女孩的，就要想方设法藏起来。从山里下来的人见到婚龄女孩就会抢走，这个消息传遍了各个村庄。甚至有人在铁路旁挖洞，把女儿藏在里面。有的好几户人家聚集起来过夜，还有的人匆匆忙忙让女儿结婚。妻子出生在陈苗村，跟你结婚之前，一直住在那里。你的姐姐告诉你，你要和陈苗村的姑娘结婚。那时你二十岁。姐姐说那个姑娘和你八字相合。陈苗，那是一座山沟，距离你出生的村庄有十几里路。那时候大家都是这样，不见面就结婚。婚礼定在收割之后的十月，在女方家的院子里举行。婚期确定下来，只要你笑，别人就讥讽说要娶媳妇了，很开心吧。你说不上多开心，也没什么不开心。你姐姐操持家里的生计，所有人都觉得你应该快点儿娶媳妇。话是没错，你却觉得不能和从未见过面的女人过日子。你也从来没想过一辈子都在这个村子里种田，直到死。人手不足的时候，连孩子都被叫到田里干活，你却和几个朋友到镇上闲逛。你想和两个志趣相投的朋友到别的城市开家酿造厂。你想的不是结婚，而是如何赚钱。当时，你是怀着怎样的心情突然去了陈苗村呢？即将在十月份和你成婚的女孩住在茅草屋里，后院长着茂盛的竹子。明亮的灯光照着屋顶和院子，女孩的脸看上去却有点儿暗淡。女孩穿着麻布小褂，坐在廊台上绣花，前面放着绣花机。女孩不时抬头,仰望天空,有时注视天空中飞过的成群大雁,直到大雁不见了踪影。女孩站起身来,走到茅草屋外面。你跟着走过去,那里是一片棉花田。你未来的岳母正蹲在田里摘棉花。妈妈——女孩远远地喊了声。怎么了?你未来的岳母头也不回地说。雪白的棉花在母女之间随风摇曳。女孩又喊了声妈妈,岳母仍然头也不回地问,怎么了?

——我可不可以不嫁人?

你屏住呼吸。

——你说什么?

——我想守着妈妈,不可以吗?

棉花继续在摇曳。

——不行!

——为什么不行?

女孩几乎带着哭腔问妈妈。

——那你想被山里的人抓走吗?

身穿麻布衣服的女孩沉默了。她坐在棉花田里,伸开双脚,放声大哭。这跟刚才坐在廊台绣花的女孩判若两人。她哭得很伤心,站在后面的你都忍不住想跟着哭了。岳母这才走出棉花田,站在女孩身边。

——哎呀!你的年纪的确还小。要不是战争,我也想再把你留在身边两三年，可是世道这样险恶，有什么办法啊？结婚又不是什么坏事，既然出生在这个山沟里，就逃不了这样的命运。我也没送你上学，如果不嫁人，你怎么活呀？我看了你们的生辰八字，你们两个人在一起会很幸福的。你们会生好几个孩子，而且个个都会平安长大，出人头地，这不就足够了吗？人生在世，就是要找到自己的另一半，过上舒心的日子，生儿育女。我好好弹棉花，给你缝被子，不要哭了。

女孩还是哭个不停。岳母伸出手掌，拍打着女孩的后背。

——不要哭了……

女孩的哭声还是没有停止。这回，岳母也跟着哭了。

如果不是看到母女二人在棉花田里抱头痛哭的场面，也许你在十月份到来之前就离开家了。想到那个坐在茅草屋的廊台上，抱着绣花机绣凤凰的女孩，那个在棉花田里叫着"妈妈、妈妈"，然后伸开双脚放声痛哭的女孩，想到她可能会在某个深夜被山里的人神不知鬼不觉地抓走，你就迈不动脚步了。

妻子丢了。你独自回到空荡荡的家，连睡三天两夜。你在儿子家里总是睡不着，每天夜里只是闭着眼睛。你的耳朵越来越敏锐，隔壁房间有谁开门去卫生间，你也会睁开眼睛。你不想吃饭，可是要考虑家人的心情。每到吃饭时间，你要过去陪着家人坐在饭桌前。回到自己家后，你什么也不吃，死了一般睡在空房子里。

结婚前，你只见过妻子一面，就是她坐在廊台上绣凤凰，后来在棉花田里放声痛哭的样子。你以为自己对妻子没什么感情，不料每次离开家门，过不了多久，你就会情不自禁地想起她。妻子的手似乎能挽救一切。以前，你们家养什么牲畜都养不活。她嫁过来之前，你们家也养过好几条狗，每次都养不了多久，还没等生崽就死了。有的是吃了老鼠药，有的掉进了粪桶，有的不知怎么爬到炉箅子上面，你的家人不知道，照常在炉灶里点火，闻到腥味，拿出箅子看时，这才发现狗已经死在里面了。你的姐姐说，我们家养不活狗。妻子嫁过来后，从别人家抱回一只刚刚出生的小狗，一路上捂着它的眼睛。妻子说，小狗很聪明，如果不捂住眼睛，它就能回到自己妈妈身边。小狗在廊台下面吃着妻子喂给它的食物，健健康康地长大，每次能生五六只小狗。最多的时候，廊台下面有十八只小狗。春天，母鸡孵出三四十只小鸡，只是有两三只被老鹰叼走，绝对没有一只死掉。这也是妻子的功劳。你的妻子在宅旁地里撒上种子，嫩绿的新芽争先恐后地冒出。收完马铃薯种胡萝卜，收完胡萝卜再种红薯。不停地播种，不停地收获，一家人吃也吃不完。栽下茄子秧，夏天过去了，到了秋天,仍然遍地是紫色的茄子。妻子手到之处,什么东西都会茁壮成长。妻子头上浸了汗水的毛巾从来没有摘掉过。田里的草刚长出来就被她拔掉。饭桌上吃剩的食物残渣被她揉成小团,倒进小狗的饭桶中。捉青蛙,煮熟捻碎,当作鸡饲料,再收集鸡粪,埋进宅旁地。妻子日复一日,重复着这些事。只要她动手,土地马上变得肥沃,生出新芽,茁壮成长,开花结果。你姐姐之前从来不把你的妻子放在眼里,后来也让她帮自己在宅旁地里栽种辣椒苗了。

回家后的第四天夜里,你醒了,呆呆地躺着,仰望天花板。那是什么——你呆呆地看着衣柜上面刻有太极图的箱子,连忙坐了起来。你想起某个清晨,妻子早早醒来,翻来覆去睡不着。她叫你,你明明醒着,却懒得理睬。

——看样子还在睡呢。

妻子深深地叹了口气。

——但愿你不要比我活得长久。

——……

——寿衣我都准备好了,放在衣柜上面刻着太极图的箱子里,我的也在里面。万一我先死,你不要慌张,先找出寿衣来。这次有点儿奢侈,我是用最好的麻布做的寿衣。那个人说她亲手种的麻,亲手织成的麻布。你看见了也会满意的,真的很漂亮。

尽管不知道你是不是在听,妻子仍然像念咒似的自言自语。

——住在潭阳的堂婶去世的时候，堂叔哭成了泪人。他说堂婶去世前嘱咐过他，千万不要买贵寿衣，还说已经把结婚时穿过的韩服熨好了，给她穿上就行。女儿还没结婚，自己就走了，已经很内疚了，就不要再为她花钱了。堂叔靠在我身上，一边哭一边跟我说这些，我的衣服都湿透了。他说堂婶劳累了一辈子，如今日子刚刚好过点儿，她却死了。堂叔说，这个可恶的人，临死之前还嘱咐，不让给她买好衣服。我不想这样，走的时候我要穿好衣服。你要不要看一看？

　　你没有动静，妻子又长叹一口气。

　　——你在我前面走吧，这样最好了。都说生有序，死无序，不过我还是希望我们按照生的顺序走。你比我大三岁，那就比我早三年走吧。如果你觉得委屈，提前三天也行。我就自己住在这个房子里，实在不行，我就到老大家，给他们剥蒜、打扫房间。你怎么办呢？一辈子依赖别人，你会什么？你想想吧，沉默寡言的老人自己占着个房间，浑身臭味，谁会喜欢呢？我们已经成了孩子们的累赘，一点儿用处也没有了。从大门外面就能看出谁家有老人，因为有味。女人不管怎样还能照顾自己，男人要是独自留下来，肯定会很狼狈。即使你想活很久，也不要走在我后面。我先把你埋好了，然后就跟你去……这些我能为你做到。

你踩着椅子，取下了衣柜上面的太极花纹箱子。箱子不是一个，而是两个。从尺寸来看，前面的是你的，后面的应该属于妻子。实际尺寸比躺着看的时候更大。你把箱子放在地上，打开了盖子。妻子说她从没见过这么美丽的麻布，还说走了很远的路才买到。你打开盖子，看见里面堆着用棉布包裹起来的麻布，棉布白得耀眼。你逐一解开带子，里面按顺序摆放着包褥子的布、包被的布、包脚布、包手布。把我埋好再走……你眨了眨眼睛，凝望着死后用来包裹你和你妻子的手指甲和脚指甲的口袋。

两个孩子从侧门进来，叫着爷爷，跑到你面前。这是住在河边的泰燮家的孩子。孩子们离开你身边，在家里东张西望。她们似乎是在寻找你的妻子。在大田经营中国餐馆的泰燮不知道发生了什么事，把两个孩子交给自己吃饭都有困难的老母亲，从来没有回过家。每次见到这两个孩子，妻子都咂着嘴说，泰燮就不说了，他老婆也不知道是干什么的。听村里人说，泰燮的妻子和厨师长私通，离家出走了。给孩子们做饭的人不是她们的奶奶，而是你的妻子。有一次看到孩子们没有吃饭，妻子把她们带回家，给她们做了早饭。第二天早晨，孩子们睡眼惺忪地又来了。你的妻子在桌子上多摆了两副碗筷，让孩子们坐在饭桌前吃饭。从那之后，每到吃饭时间，两个孩子就自动过来了。有一次，饭还没做好，两个孩子就趴在地上玩儿，等饭做好了，哧溜溜坐到饭桌前。孩子们吃得腮帮子都鼓了起来。你要是稍有异议，妻子就像对待自己的私生孙女似的袒护两个孩子，说她们肯定是饿极了，要不然怎么会这个样子。我们现在也不像从前那么困难……孩子们来了，我们也不寂寞，多好啊。自从孩子们来家里吃饭以后，饭桌上出现了新蒸的茄子，煤气炉下面的烤鱼架从大清早就烤上了鲐鱼。首尔的孩子们送来的水果和蛋糕也都被妻子保管起来，等到下午四点钟，孩子们从侧门探头张望的时候，她就让她们进来吃。几次之后，孩子们不但在这里吃饭，甚至期待吃到零食了。你的妻子也理所当然地认为自己应该照顾她们。那段日子，有一次你的妻子去镇上办事，回家的时候没能赶上公共汽车，呆呆地坐在车站，经营纸店的秉植把她带回来。还有一次说是要去宅旁地里摘萝卜缨，却呆坐在铁路边的地里，路过的玉哲把她送回来。妻子说她要回家时却想不起来该坐什么车，去了宅旁地里，却想不起来要干什么。这样的精神状态，怎么照顾两个孩子吃饭呢？你不得而知。这些日子里她们怎么吃饭？你在首尔的时候，从来没想过这个问题。

——奶奶在哪儿，爷爷？

两个孩子找遍了井边、库房和后院，每个房门都打开看了，这才确信你的妻子不在家，于是老大向你问询。问你的人是老大，

第三章 我，回来了 133

然而老二紧紧贴在你身边，更加期待你的回答。这也是你想问的问题，妻子究竟在哪儿？她还在这个世界上吗？你让她们等会儿，然后到米缸里舀米，淘洗干净之后放在电饭锅里。孩子们没有等待，而是不停地打开各个房门，仿佛妻子马上就会从某个房间里走出来。你从来没做过饭，不知道应该放多少水。你迟疑片刻，又添了半碗水，按下了电饭锅的开关。

那天在首尔站的地铁里，过了多久你才发现地铁已经出发，妻子却没有上来？你理所当然地以为妻子肯定会跟在你身后。地铁在南营站停过之后继续出发的瞬间，你感觉有什么重重地袭击了你的头。还没等你确认这种打击来自何处，绝望已经掠过你的脑海。你知道自己犯了错，犯了无法挽回的大错。你的心跳声大得连你自己都能听见。你不敢回头。当你不得不承认妻子留在了首尔站，你独自上了地铁，而且地铁已经开出一站的瞬间，当你拨开旁边人们的肩膀回头张望的瞬间，你知道你的生命遭受了重创。自从和十七岁的妻子结婚到现在，五十年的岁月里，不管是年轻，还是年老，你总是走在妻子的前面。飞快的脚步让你的生命重重地摔倒在某个地方。不到一分钟，你便意识到了这个事实。如果踏进地铁后你能马上回头看看，事情也不至于发展到这个地步。年轻时妻子就常常这样说你。你们一起出门的时候，她总是走得很慢，落在你身后。每次她都满头大汗地追上你，让你慢点儿走，让你和她一起走……你有什么急事吗？她在后面发牢骚。你不得不停下来等她，她不好意思地笑着说，我是不是走得太慢了？

——对不起……要是别人看见多不好。一家人走路，却一个在前一个在后，别人还以为我们相互讨厌，不愿意并排走路呢。要是让别人这么想多不好。我不要求你和我手拉着手，至少你应该慢点儿，要不把我弄丢了怎么办。

你觉得妻子这么说好像是有预感。从你二十岁你们相识到现在，五十年过去了，你和她都到了这个年纪，她说得最多的话就是"慢点儿走"。听她唠叨了一辈子"慢点儿走"，你为什么就不能慢点儿走呢？你宁愿走到前面，再停下来等她，也不肯像她期待的那样，一边聊天一边并肩走路。你从来没有。

妻子走失之后，每当想起自己飞快的脚步，你的心简直要爆炸了。

你这辈子都是走在她前面，有时转弯也不回头看看。落在后面的她喊你，你就责怪她怎么走得这么慢。五十年岁月就这样流走了。她走得很慢，然而只要你稍微等等，她就会满脸通红地追上来，仍然笑着说，慢点儿走。你以为今后的路也会这样走下去。谁知就在前后只差两三步的首尔站，你先上了地铁，然后地铁就出发了。从那之后，妻子再也没有回到你的身边。

尽管饭有点儿夹生，只有泡菜，但孩子们还是吃得干干净净。你在廊台上伸开动过关节手术的腿，注视着她们。做完手术后，左腿就没有疼痛和麻木的感觉了，但是不能像从前那样屈膝而坐。

——我给你热敷一下好不好？

耳边似乎传来妻子的声音。即使你不回答，她也会在盆里接上水，放在煤气灶上，再把毛巾放在热水里浸湿，敷在你的膝盖上，用那双长满黑斑的手使劲按压。每次看到妻子粗糙的双手，你都希望她能比你多活一天，希望在你死后，她用那双手最后一次拂过你的眼睛，在孩子们面前擦拭你冰冷的身体，用那双手为你穿上寿衣。

——你到底在哪儿？！

孩子们吃完饭，箭也似的冲出门去。你，失去了妻子的你，形单影只的你，在空房子的廊台上伸直了腿，大声呼喊。妻子失踪以后，你一直强忍着涌到喉咙的想哭的冲动。当着儿子的面，当着女儿和儿媳的面，你不能高声叫喊，也不能放声痛哭。现在你终于泪如雨下，不知是因为愤怒，还是因为难以自控的情绪。村里霍乱泛滥的时候，你的父母在两天内相继离开人世。人们埋葬你父母的时候，你也没有流泪。你想哭，却也没有眼泪。埋葬了父母，下山的时候，你又冷又怕，却也只是瑟瑟发抖。战争之痛更没有让你流下眼泪。你家里曾经有头牛，白天国军驻扎在村里，你牵着牛去耕地。到了夜里，人民军从山里来到村庄，抓走了人和牲畜。太阳落山后，你牵着牛去镇上。你把牛拴在派出所门前，自己靠着牛肚子睡觉，早晨再牵着牛回村耕地。一天夜里，你以为人民军已经撤退了，就没去派出所，结果他们冲进村里，要抢牛。你被他们拳打脚踢，始终不肯放开你的牛。姐姐奋不顾身地出来阻拦，然而你推开姐姐去追牛，人民军用枪托打你，你也没哭。你因为做警察的叔叔而沦为反动分子，和村里人一起倒在灌满了水的水田里，那时候你也没哭。竹枪扎进了你的脖子，你也没哭。现在，你却失声痛哭。这时你终于意识到了，希望妻子比自己活得长久的心愿是多么自私。你也意识到正是这个心愿使你不愿承认妻子患了重病。从外面回来，看到妻子睡得像死人，你当然知道她是因为头疼而睁不开眼睛，你只是不愿说出来罢了。不知从哪天开始，她说去喂狗却没有去狗窝。她说要去什么地方，然而刚刚走出家门，就呆呆地站在大门口，又返回家里。这些你都知道。妻子有气无力地挪回房间，好不容易找到枕头躺下，紧

第三章 我，回来了

皱眉头，你也只是静静地看着。从来都是你生病，妻子照顾你。有时候她说肚子疼，你就说，我腰疼。你就是这样的人。你生病的时候，她给你按摩额头、腹部，从药店买来药，给你煮绿豆粥。你却只是让姐姐给妻子抓药，仅此而已。

直到这时你才想起，即使在妻子肠胃不舒服，好几天吃不下饭的时候，你也从来没给她倒过一杯热水。

那时候，你迷上了打鼓，游走于全国各地。半个月后，你回到家，妻子生下了女儿。你的姐姐帮忙接生，说是顺产，然而妻子一直腹泻。肚子里的东西都排出去了，脸上血色全无，怎么看也不像刚生过孩子的女人，甚至没有出现浮肿，颧骨高得吓人。她出现了反复虚脱。你觉得这样下去妻子会出问题，于是给姐姐留了钱，让她去买中药，熬好了给妻子吃。

你坐在空房子的廊台上哭泣，声音越来越大。

你终于想起来了，这辈子你只给过妻子一次买药的钱。姐姐买了三服中药，给妻子熬了。每当因肠胃不适而虚脱的时候，妻子就说，当时要是再接着吃上两服，就能彻底好了。亲戚们大多喜欢你的妻子。你的话不多,客人来了,只是简单地说句"来了",客人要走的时候再说一句"要走了",仅此而已。但是来你家做客的亲戚却很多,这完全是因为你的妻子。人们都说你妻子做的饭很有热乎气。她到宅旁地里割了冬葵做大酱汤,拔一棵白菜做拌菜,人们就能津津有味地吃光一碗米饭。他们说汤的咸淡正合适,凉拌白菜也香喷喷的。假期里侄子们穿着校服来你家玩儿,回去的时候胖得系不上纽扣。人人都说你妻子做的饭能让人长膘。插秧的时候,妻子从地里挖回陈年马铃薯,连同带鱼上锅蒸,再配上新做的米饭,干活的人们都鼓着腮帮子吃得不亦乐乎。邻村的人也愿意到你家干活。他们说,吃了你妻子做的新米饭,感觉肚子里很踏实,干了双倍的活儿也不觉得饿。家人坐在廊台上吃午饭时,正好有卖瓜或卖衣服的小贩从门前经过,妻子就腾出位置,请小贩进来吃饭。她可以请陌生人吃饭,和气而融洽,唯独对你的姐姐没有好脸色。

——当时要是再给我吃两服药就好了……就连你这个无情人都嘱咐她再给我买两服,让我的病彻底好转,可是孩子姑妈却说,脸色这么好,还吃什么药!她说这样就行了,说什么也不肯再给我买药了……如果当时再让我吃上两服药,我就不用受这份罪了。

你根本不记得这件事了,但是每次妻子肠胃不适的时候,都会提起，仿佛昨天刚刚发生的事情。即使妻子这样说，你也从来没想过给因为肠胃不适而腹泻的妻子买药。

——当时应该继续吃下去，现在吃什么也不管用了。

每次腹泻，妻子就什么都不吃了。水米不沾，竟然也能坚持好几天。年轻的时候，你视而不见。年纪大了，你问她，是不是应该吃点儿东西？每当这时，她就显得痛苦不堪，看着你。

——牲畜不都这样吗？牛、猪……生病的时候什么都不吃，鸡也是这样。狗就更不用说了，如果哪儿不舒服，它先绝食。不管给它多好吃的东西，它都一口也不吃，两只爪子去刨狗窝前面的地，刨出坑来，把肚子放进去。过几天舒服了，它就自己站起来，也开始吃饭了。人也是这样，肚子里翻江倒海，不管吃下去的东西有多么美味，都是毒药。

如果腹泻持续多日，妻子就捻碎柿饼，舀一勺放在嘴里，说什么也不肯去医院。柿饼怎么能当药吃呢！你劝她去医院看病，去药店买药，妻子也不听。如果你再催促，她就板起脸说，我不是说过了吗，我不去！你哑口无言了。有一年，你夏天出门，冬天才回家，发觉妻子的左侧乳房有个肿块。你说不对劲，她却不以为然。直到乳头凹陷，出现了分泌物，你才带着头上裹着被汗水浸湿的头巾的妻子去了市里的医院。短时间内看不出是什么病症，只是做了检查，结果要十天后才能出来。妻子叹了口气。这十天里发生了什么事呢？你被什么事情缠住了吗？为什么没去取结果？为什么推迟那么久才去取结果？直到妻子的乳头破了，像粉刺，你才带着妻子再次去了医院。医生说妻子患了乳腺癌。

——癌症？

妻子说，这可不行，我没时间卧床不起，我要做的事情太多了。至于医生列举的各种易患乳腺癌的情形，她都不吻合。不是晚育，五个孩子都吃母乳，跟你结婚那年月经初潮，也不算过早。她喜欢吃肉，却也无肉可吃。尽管这样，她的左侧乳房里还是长出了癌细胞。如果早点儿去取结果，也许就不用切除乳房了。长满癌细胞的乳房被切除了，她缠着绷带，仍然在地里种马铃薯。为了筹集手术费，这块地已经卖给别人了。她在地里埋下马铃薯种子，说这辈子再也不去医院了。不但不去医院，她也不让你靠近。

你们决定去首尔庆祝生日的时候，她刚刚经历了腹泻。浑身没有力气，能去首尔吗？你正担心呢，她却不知从哪里听到了什么，让你去镇上买香蕉。去首尔之前，她连续三顿饭都只吃两个柿饼、半根香蕉。生育几个孩子的时候，她最多也只躺了一个星期，然而面对不时来袭的腹泻，她却动不动就在房间里卧床十天。她忘记了祭祀的日子。腌着泡菜，突然就呆坐下来。你问她怎么了，她有气无力地说，哎呀，我忘了有没有放蒜……她曾经不假思索地用双手拿起煮着清曲酱汤的砂锅，结果烫伤了手。你觉得这都是因为年纪到了。你自己也把原来那么喜欢的打鼓忘到了九霄云外。活到这个岁数，身体再也不可能像年轻的时候那样了，某个部位出点儿问题也很正常。你觉得这个年纪就是要和疾病做朋友。妻子大概也处于这个过程吧，你这样想着。

——在家吗？

听到姐姐的声音，你猛地睁开眼睛。你应该知道，这么早到你家来的人只有姐姐。然而你还是很惊讶，误以为听到了妻子的声音。

——是我，我进来了。

姐姐大概已经上了廊台，话音未落，房门就开了。你姐姐手里拿着托盘，用白布盖着饭碗和菜盘。她把托盘放在炕梢，呆呆地望着你。原来你们住在一起，四十年前，姐姐在新修的公路旁盖了房子，搬走了。从那之后，你姐姐每天早晨睁开眼睛都要先抽支烟，梳好头发，插上簪子，然后就赶往你家。她伴着晨光在你家转一圈就走了。她静悄悄地看看前院、侧院和后院，无声无息。每天早晨，你的妻子都会被姐姐的脚步声吵醒。嗯——妻子轻轻哼着翻个身，你姐姐又来了，自言自语地起床。你姐姐在你家里转上一圈，就转身离开了，似乎只是想看看夜里是否平安无事。姐姐小时候突然失去了两个哥哥，又在两天之内相继失去了父母，战争中差点儿失去了你。你的姐夫住进你们村，后来家里失火被烧死了。伤痛深深扎根在姐姐心底，使她变成了枯木。这是任凭谁也砍不倒的枯木。

——怎么不铺褥子？

姐姐没有孩子，年纪轻轻就守了寡。她的眼神不仅仅坚韧、顽强，看上去甚至有些可怕。现在，她的眼角已经低垂下来了，插着簪子的头发也变得斑白了。姐姐比你大八岁，后背却比你更为挺拔。姐姐坐在你身边，拿出烟卷，叼在嘴里。

——不是戒烟了吗？

你姐姐没有回答，而是打开印有镇上酒馆名字的打火机，点着了香烟。

——狗拴在我们家了，你要是想牵回来，就去牵吧。

——先放在你那儿吧……我还得再去趟首尔。

——干什么？

——……

——应该等找到了再回来，你自己回来干什么？

——我总感觉她在家里等我。

——她要是在家，我还能不给你打电话吗？

——……

——怎么会这样呢……你真是没用。又不是别人，你这个当老公的竟然把妻子弄丢了，你还有什么脸面回来！也不知道那个可怜的人丢在哪儿了。

　　你怔怔地望着白发苍苍的姐姐。你还是第一次听姐姐这样说你的妻子。每次提起你的妻子，你的姐姐总是咂着舌头，流露出很不满意的样子。妻子嫁给你之后两年没有怀孕，姐姐开始奚落你的妻子。等妻子生了亨哲，她又说，这有什么了不起的！以前常常要把稻子磨成米做饭，姐姐和你们住在一起后，却从来没有磨过米。不过你妻子坐月子的时候，还是她来帮忙照顾的。

　　——我还想着在死之前和她说说……可是人已经没了，我找谁去说呢。

　　——说什么？

　　——又不是三言两语……

　　——是姐姐对她不好的事吗？

　　——我对她不好吗？亨哲妈妈说的吗？

　　你没有笑，只是默默地看着姐姐。难道不是吗？谁都知道，你的姐姐不是你妻子的大姑姐，而是婆婆，人人都这么认为。你姐姐最讨厌这句话。她说因为家里没有长辈，自己不得不这样。也许她说的是实情。

　　你的姐姐从放在地上的烟盒里又拿出一支烟来，放在嘴里。

你给她点着了火。妻子的失踪让姐姐重新开始吸烟了。你也想象不到不吸烟的姐姐是什么样子。早晨刚刚起床，她就伸手找烟。从早到晚，不管做什么事情，都要先抽支烟。要去什么地方的时候抽烟，吃饭之前抽烟，睡觉之前也要抽烟。你觉得姐姐抽得太多，却从没说过让她戒烟的话。你不能说。姐夫被火烧死之后，你第一次看到姐姐时，她望着被火烧毁的家抽烟。她不哭也不笑，只是坐着抽烟。她不吃也不喝，只是抽烟。姐姐家失火不到三个月，她的手就被烟熏黄了，还没等靠近，就先闻到刺鼻的烟味。

——就算多活，我还能活多久？

从五十岁开始，姐姐就常常唠叨这句话。

——从出生到现在……命运对我真是够残酷、够刻薄的啊……我连个孩子都没有，什么都没有……哥哥死的时候，我觉得应该死的是我，他们应该活下来。父母去世以后，我郁郁寡欢，但是还有你和小均。好像人世间只剩下我们了……那个被火烧死的人，我和他还没产生感情，他就死了……你不是我的弟弟，而是我的孩子、我的郎君……

的确如此。

人到中年的你患了中风，歪着嘴卧床不起。姐姐不知从哪里听说每天喝一小碗晨露就能好转，于是春、夏、秋三季，她都早早起床，端着盘子在田间徘徊，接清晨的露水。为了赶在太阳升起之前接到晨露，你的姐姐不等天亮就起床。从那之后，你的妻子不再抱怨姐姐了。也是从那之后她把姐姐当成婆婆，而不是当成大姑姐对待了。她脸色苍白地对你说，你以为我做不到吗？！

——临死之前，我想对亨哲妈妈说三句对不起。

——为什么？

——小均的事……因为她砍杏树而吵吵嚷嚷的事……还有她腹泻的时候我没能再多给她买几服药……

小均，你闭上了嘴巴。姐姐站起身来。

——这是你的饭，饿了就吃吧。现在想吃吗？

姐姐指了指用白布盖着的托盘。

——不想，刚起床，哪有胃口。

你也跟着姐姐站了起来。她在家里转了一圈，你也跟着转了一圈。妻子不在家，家里到处都落满了灰尘。你的姐姐从酱缸旁边绕过，用手心擦了擦缸盖上的灰。

——小均会不会去了好地方？

——提他干什么！

——小均好像也在找亨哲妈妈。我突然梦见小均了，要是这小子活着，不知道会怎么样。

——应该也像我们一样老了吧……还能怎么样。

十七岁的妻子和二十岁的你结婚的时候，小均在小学毕业班读书。在同龄的孩子中，小均明显比别的孩子聪明，反应敏捷，通情达理，学习成绩出色，五官也很清秀。谁见了小均都忍不住回头多看一眼。小学毕业后，小均不能继续读书了。他苦苦哀求你和姐姐，直到今天他的声音仿佛依然回响在耳畔。让我上学吧，哥哥。让我上学吧，姐姐……每天他都哭哭啼啼地恳求你和姐姐，让我上学吧。几年过去了，战争所破坏之地依旧惨不忍睹。当时怎么会那么穷呢。现在回想起来，你有种恍然如梦的感觉。你被竹枪刺伤了脖子，却顽强地活了下来。作为没有长辈的宗家长子，你不得不背负起养活全家人的重担。也许正是因为这个重担，你才想离开家。那时候，别提让弟弟上学了，养活家人都有困难。见你和你姐姐都不答应，小均就去向你的妻子求情。

——嫂子，嫂子，让我上学吧，让我上学吧，我一辈子都会报答你的。

妻子说，孩子这么想上学，我们应该满足他的心愿。

——我也没上过学！不管怎么说，这小子还上了小学呢。

你没上学，是因为你的父亲。父亲是中医，两个儿子相继死于传染病之后，他不再让你去人多的地方了，包括学校。父亲留你在膝前，亲自教你学汉字。

——亨哲爸爸……让亨哲叔叔上学吧。

——哪有钱让他上学？

——卖掉宅旁地不就行了吗？

听了这话，你姐姐骂道，败家女人！然后把你妻子赶回了娘家。十天后的夜里，你喝醉了酒，朝着岳父家走去。走过条条山路，到达那座茅草屋的时候，你在竹林茂盛的后院窗前停下了脚步。你来不是为了接妻子回家。你帮人家犁地，喝了酒，酒劲牵引着你来到这里。不管是谁赶走了妻子，既然她回了娘家，你就觉得自己不能若无其事地迈进岳母家的门槛，于是你站在那里不动了。年迈的岳母和妻子的说话声传到了门外。说完什么之后，岳母抬高嗓门儿说，不要再回那个婆家了，收拾行李出来吧。你的妻子哽咽着反驳岳母，我死也要死在那里，那是我的家，我为什么要出来？听完她的话，你靠在围墙边，直到晨光照进竹林。妻子走出房间做早饭，你一把抓住了她。也许是整夜哭泣的缘故，她犹如牛眼般的乌黑大眼睛变成了直线。她很惊讶，瞪大了眼睛，然而红肿的眼睛依然像条细缝。就这样，妻子跟在你身后，穿过茂密的竹林回家了。走过竹林，你放开她的手，自己走在前面。露珠落在裤子上。落在后面的妻子气喘吁吁地跟在你身后，冲着你喊，慢点儿走！

走进家门，还没等亨哲跑出来，小均早已扑向你的妻子，喊了声嫂子。

——嫂子……我不上学了，嫂子不要再离开家了！

　　小均眼含热泪，仿佛斩断了什么念头。他没能继续读中学，而是留在家里帮你妻子做家务。他跟着你妻子上山做农活，偶尔被长长的高粱秆挡住看不见她，就大声呼喊"嫂子——"怎么了？你的妻子问，小均笑着又喊了声嫂子。小均叫嫂子，你妻子答应。小均再叫，你妻子又答应……两个人就这样一唱一和，做完了田里的农活。对于妻子来说，最靠得住的伙伴不是常常游荡在外的你，而是小均。后来，小均的力气很大了，每到春天就牵着牛出去拉犁。秋收时节，总是最早到田里收割稻谷。到了腌泡菜的时候，总是最先到地里拔出白菜。地里铺上草甸子，用稻床脱粒的时候，村里每个女人都带着稻床，聚集到当天打稻谷的人家，找个位置，放下稻床，帮忙脱粒，直到天黑。有一年，小均到镇上酿造厂工作，有钱后立刻买了个稻床，回家交到你妻子手里。

　　——你买稻床干什么？

　　妻子问道。

　　——村里就属嫂子的稻床最破旧，放都放不稳。

　　小均笑着回答。

　　妻子的稻床太老了，打稻谷的时候比别的女人费力气。她希望买个新的稻床。她的话你没当回事，又不是不能用，为什么要买新的？接过小均递来的新稻床，她大发雷霆，不知是冲你，还是冲小均。

——为什么要买这个？！连中学都没让你读呢。

嫂子，你真是的，小均涨红了脸。小均很听嫂子的话，似乎把她当成了母亲。从买稻床开始，只要有了钱，小均就买生活用品回来，都是嫂子需要的东西。他还买来了用白铜做的罐子，难为情地说，别的女人都用白铜罐，只有嫂子提着沉重的胶罐……你的妻子把泡菜、萝卜块和米饭盛进小均买来的白铜罐，带着下地了。每次用完，她都会把铜罐擦得油光锃亮，放在搁板上，直到白铜旧得没有了光泽。你突然起身，往厨房走去。你打开厨房后门，抬头看了看多用途酱台做成的搁板。四角饭桌折叠起来放在上面，边缘静静地放着四十年前的白铜罐。

妻子生老二的时候，你也不在家，小均陪在她身旁。那是冬天，天气很冷，家里却没有柴火。看到嫂子生完孩子后躺在冰冷的屋里，小均砍掉了家里长了多年的杏树，劈成木柴，放在她房间的灶坑里烧起了火。你姐姐看到了，猛地推开妻子的房门，责怪你妻子说，家里的树随便乱砍会死人的。小均大声反驳，是我砍的，为什么要怪嫂子？你姐姐抓住小均的衣领，大声吼道，是你嫂子让你砍的吗？臭小子！你这个混蛋！小均毫不示弱，极力袒护嫂子，难道让嫂子生完孩子冻死在冰冷的房间里吗？

还是在杏树被砍断的位置。扬言要去赚钱并离家出走的小均已经回来二十天了。他回家后，最高兴的人要数你的妻子。小均变了很多，即使看到嫂子，脸上也没有笑容。你以为他肯定是在外面遇到了挫折。有一天，妻子脸色苍白、气喘吁吁地跑到你玩尤茨[1]的商店门口说，小叔子不对劲，你赶快回家看看。你正沉浸于尤茨游戏，打发妻子先回去。失魂落魄的妻子猛地掀翻了放着尤茨的席子，大声吼道，小叔子快死了！快回去看看！

她粗鲁的举动让你产生了不祥的预感，你赶回了家。

——快点儿！快点儿！

妻子大声呼喊着跑在前面。那是她第一次在你前面跑。小均挣扎着躺在杏树被砍掉的位置，口吐白沫，舌头打着卷伸了出来。

——这小子怎么了？

你看了看妻子，她已经魂飞魄散。

最先发现小均的人是妻子。她已经好几次被叫到警察署了。没等查明小均的死因，嫂子喂小叔子喝农药的谣言已经传到了邻村。你的姐姐红着眼睛对你的妻子大吼大叫，你这个恶毒的女人，

---

[1] 尤茨是韩国掷骰游戏的一种，将四个半圆短木块或四个刻注标记的豆粒丢掷，根据得分数走棋，相当于中国的掷十二象游戏。

杀死了我的弟弟！接受警察调查的时候，妻子显得很平静。

——如果你们认为是我杀死了小叔子，那就不要再问了，直接把我关起来就是了。

妻子不肯回家，要求警察把自己关进监狱，警察好几次不得不送她回家。回家以后，她捶胸顿足。她使劲推开房门，冲向井边，大口大口地喝凉水。你简直要发疯了。妻子被叫到警察署接受调查的时候，你在山间田间疯狂奔跑，大声喊着小均的名字，小均，小均！你的胸膛冒火，浑身滚烫，让你难以忍受。死者沉默，活下来的人却像是疯了。

可怜的人，直到现在你才意识到自己有多么卑鄙。你将所有的伤痛都转嫁给了妻子，如今你总算想明白了，需要安慰的人是你的妻子，你却缄口不语，把她推入了窘境。

那时候，全家人都乱了阵脚，最后找人埋葬小均的人还是你的妻子。过了很久，你也不问小均埋在了哪里。妻子终于开口了。
——你不想知道小均埋在哪儿了吗？
你没说话。你不想知道。
——不要怪小均……父母都不在，你是他哥哥，应该去看看他……最好找个好地方，重新埋一下。

你冲着妻子大吼,那个无情无义的家伙,我为什么要知道他埋在哪里!有一次,你们要去什么地方,走着走着,妻子突然停下了脚步。小叔子的坟墓就在附近,你不想去看看吗?你假装没听见。为什么要把这个包袱彻底交给妻子呢?每到小均的祭日,她都会带着做好的食物去小均坟前。去年也是这样。从山上回来,妻子的嘴里散发着烧酒的气味,眼睛通红。

小均死后,妻子变了。原本那么乐观的人也不再笑了。偶尔想笑,笑容也很快变得模糊。以前农活繁忙的时候,只要后背沾到地板,马上就能入睡。小均死后,她却常常处于假寐状态。直到小女儿做了药师,为她配制催眠药物之前,妻子从来没有熟睡过。她总是睡不踏实。也许在失踪的妻子的脑子里,已经堆积了厚厚的催眠药物。这期间家里的旧房子拆了,翻盖了两次新房。每次都会处理掉许多堆放在角落里的家什。整理家什的时候,妻子会单独拿开白铜罐,生怕别人碰到。也许是担心白铜罐混在其他家什之间,将来会找不到。每次盖新房子,她都最先把白铜罐挪到临时搭建起来用于防雨的窝棚下面。新房子建好后,她又最先把白铜罐放到新房子里的搁板上面。

妻子走失之前,你从没想过你对小均之死的沉默给她带来了怎样的痛苦。现在回想起来，再说自己当时多么愚蠢又有什么用。女儿说，医生问妈妈有没有受过什么刺激，是不是有什么我不知道的事情？那时你摇了摇头。女儿说，医生劝妈妈接受神经科医生的治疗，你却不以为然，什么神经科……你觉得小均的事应该随着时间的流逝渐渐遗忘，而且你认为现在应该忘记了。五十岁过后，妻子也说，最近也梦不着小叔子了，看来这小子去了好地方……你以为她也如你这般忘记了小均。不料从今年开始，她又提起了小均。

有一天，你正在睡觉，妻子把你叫醒了。

——如果当初让小叔子上学，也许他就不会死了吧？

妻子说道。不知道她是在问你，还是自言自语。

——我嫁过来之后，小叔子对我最好了……他那么想读中学，我这个做嫂子的却没送他去。最近又梦见小叔子了，看来还没去好地方啊。

你呻吟一声，翻过身去。妻子仍然望着远方喃喃自语。

——当时你为什么要那样？为什么不让小叔子上学？他那么想去，哭着哀求，你不觉得他很可怜吗？小叔子说了，只要让他上了学，以后的事情他都自己想办法。

你不想跟任何人谈论小均的事。在你心里，小均也是深深的伤痕。虽然杏树被砍掉了，但你仍然清晰地记得小均死时的位置。你也知道妻子常常失魂落魄地望着那儿。你不想触摸自己的伤痕。人生在世，什么倒霉事都有可能碰到。你干咳了几声。至少在这时候，应该和妻子好好谈谈小均的事。直到妻子走失，你才有了这样的想法。妻子空荡荡的心里依然装着小均。有时睡着睡着，她突然跑到卫生间，蹲在马桶旁，仿佛有人责怪她似的，她一边摆手，一边大声呼喊，不是我，不是我。你问她是不是做了噩梦，她眨着眼睛，呆呆地望着你，似乎忘记了刚才的举动。这样的事情越来越频繁。

因为小均的死，妻子多次出入警察署，你为什么没想到呢？妻子也因此被人误以为是凶手。也许小均之死与妻子致命的头痛有关系，你以前为什么没想到呢？你应该听听她倾诉才对啊，你应该让她说说心里话才对啊。这么多年，你逼她陷入困境，却不伸手援救，始终沉默不语。也许是这种压力给她带来了痛苦。她经常站着发呆。她说想不起自己要做什么了。头疼难忍，甚至连走路的力气都没有了，却又坚持不去医院，还嘱咐你不许告诉孩子们她头疼的事。

——知道又有什么用？只能让他们没法安心工作。

即使孩子们无意得知，妻子也会连忙遮掩，昨天是头疼了，现在好了！有时候她独自坐着发呆，听见你有动静，就冷冰冰地问你，你为什么要跟我过到现在？即便如此，她还是按时腌制豆酱，采来山梅做成山梅汁。每到星期天，她就搭你的摩托车去教堂，偶尔还说想尝尝别人家的饭菜，和你去小菜种类丰富的人家吃饭。你提议合并每个季节的祭祀，她却说，等到大儿媳妇负责祭祀的时候再合并吧，以前都是这样过来的，只要我活着，就这样做下去好了。那时候的妻子已经不同于从前，出去采买祭祀用品，每次都要忘几样。准备一次祭祀，她要去镇上三四次。你以为这种事谁都会碰到。

凌晨，电话铃响了。这个时间谁会打来电话？你心里怀着期待，迅速拿起了话筒。

——父亲？

是大女儿。

——父亲？

——是我。

——怎么才接电话？手机怎么不接？

——有什么事吗？

——昨天我往哥哥家里打电话，吓了一跳……您怎么突然回家了？要走也应该打个招呼啊，回到家又不接电话。

看来女儿才知道你回家的事。

——我睡着了。

——睡着了？一直在睡吗？

——好像是吧。

——您一个人回家干什么？

——我想，说不定你妈妈自己回来了呢。

女儿沉默了。你咽了口唾沫。

——要不要我回去？

几个孩子中就属大女儿最努力寻找妈妈。也许是她还没结婚的缘故吧。自从驿村洞药师打过电话之后，现在连类似的询问都没有了。儿子又在报纸上刊登了寻人启事，还是没有用。警察也说已经采取了措施，现在只能等待有人提供线索。女儿还是每天连夜赶到各家医院的急诊室去询问，有没有送来无亲无故的患者。

——不用……要是有什么事，我会打电话的。

——如果您感觉有什么不便，马上到首尔来，父亲，或者也可以让姑妈和您一起来。

你仔细听了听，女儿的声音有点儿奇怪，好像喝了酒，舌头在打卷。

——喝酒了吗？

——……喝了几杯。

大清早喝酒？女儿想要挂断电话，你急忙呼喊她的名字。她语气平静地回答。你握着话筒的手上渗出了汗水。你腿上没了力气，扑通坐在了地板上。

——那天你妈妈状态很不好，不该去首尔的……前一天她说头疼，还在洗脸盆里装满冰块，把头扎进去，有人叫都听不见……夜里她站在冰箱前，把头伸进了冷冻室。如果不是疼到无法忍受的地步，你妈妈不会这样。连早饭都忘了做，哪还有精力去首尔啊！我这么说了，可是你妈妈说，你们都在等着呢。我应该阻止她，可是现在我老了，耳根子软了，判断力也不行了。我还在心里想着，趁这次去首尔，一定要让她住院，哪怕是强迫呢……既然带着这样的人去首尔，我应该好好扶着她才行，可是我……我没把你妈妈当病人，刚在首尔站下了车，我就自己走在前面……一辈子都是这样，已经习惯了，结果发生了这样的事情。

你说出了从来没在子女面前说过的话。话筒那头的女儿屏住了呼吸。

——父亲……

女儿叫着父亲，只有你能听见她的声音。

——大家好像都把妈妈忘了，也没有人打电话。您知道那天妈妈为什么头痛得那么厉害吗？她说我是可恶的女人。

女儿的声音颤抖了。

——你妈妈这样说你了？

——是的……您要过生日了，我可能参加不了，于是我在中国给妈妈打电话，问妈妈在干什么，妈妈说她正在用瓶子装酒，还说要给小弟，因为小弟喜欢喝酒。我也不知道怎么了，本来这件事不值得生气，可是我发了火。小弟真应该戒酒了……儿子喜欢，妈妈就想带给他，我让妈妈不要带那么重的东西。如果小弟喝醉了酒闹事，妈妈您负责吗？能不能聪明点儿……妈妈有气无力地说，原来是这样啊，那我就到镇上做点儿打糕带着……每年父亲过生日，妈妈不是都做打糕吗？我就说带打糕干什么，做了也没人吃。当着妈妈的面带回家，然后扔在冰箱里，谁也不会吃的，不要这么老土了，空着手来首尔就行了。妈妈问我，你把打糕扔在冰箱里不吃吗？我说是啊，三年前的打糕还在冰箱里放着呢。妈妈哭了。妈妈，您哭了吗？我问。妈妈说，你真是个可恶的女人……我本来是想让妈妈轻松上路，却被妈妈骂成是可恶的女人，一下子恼羞成怒了。那天北京很热，我不耐烦地说，好，妈妈生了我这么个可恶的女儿！好！我是坏女人！大喊过后，我挂断了电话。

——……

——妈妈最讨厌别人大喊大叫……可是我们所有人都对妈妈

大喊大叫。我想再打电话给妈妈，向她道歉……可是到了吃饭时间，又在外面转了转，又跟人们交谈，忽然就忘了这件事。如果我再打个电话给妈妈道歉，也许妈妈就不会那么头疼了……也许妈妈就能跟上您的脚步了。

女儿哭了。

——智宪呀！

——……

——妈妈很为你骄傲。

——什么？

——每次你上了报纸，妈妈就把报纸叠起来放进包里，时不时地拿出来看。在镇上遇到熟人，她就拿出来向人家炫耀。

——……

——有人问她，女儿是做什么的，你妈妈就说，我女儿是写文章的。她让南山洞希望院的女人给她读你写的书。你写了什么，她都知道。那个女人读的时候，你妈妈满脸都是笑容啊。不管发生什么事，你都要好好写作。

——……

——有些话该说的时候就要说……我这辈子都没怎么跟你妈妈说话，要么是错过了说话的时机，要么就是觉得我不用说她也会知道。现在我什么都可以说了，可是没有人听了。

——……

——智宪?

——父亲。

——拜托了……你妈妈……拜托给你了。

女儿终于抑制不住,在电话那头失声痛哭。你把话筒紧紧贴在耳边,听着她牛犊般的哭声。女儿的哭声越来越大。她的眼泪仿佛沿着你手里的电话线流淌过来。你也满脸泪痕。哪怕全世界的人都忘记,女儿也会记得,你的妻子是那么热爱这个世界,你是那么爱你的妻子。

第四章
另一个女人

松树郁郁葱葱。

这个城市里怎么会有这样的村庄？哎哟，藏得还真够严实。前天下雪了吗？树上白雪皑皑。我看见你家门前有三棵松树。好像是那个人种在这里的吧，为了让我舒舒服服地坐在下面。我竟然提起了那个人。见过你之后，我可能要去和那个人见面。是的，我要去。我必须这样。

你们兄弟姐妹住的公寓和写字楼在我看来都一模一样，分不清是谁的家。怎么会那么相似呢？为什么都住在一模一样的空间里呢？我觉得还是住在各自不同的房子里更好。有库房，有阁楼，不是很好吗？就像你以前常常藏在阁楼里，躲避动不动就支使你做这做那的哥哥。现在，农村也出现了很多一模一样的楼房。你到咱家楼顶看过吗？站在那里能看见镇上新建的高层公寓。你小的时候，那里还是个连公交车都不通的村子。连农村都变了，别说这个人满为患的城市了。我只是希望不要所有的房子都一模一样。都是一个样子，我哪儿都找不到，连你哥哥的家和你姐姐的写字楼，我也找不到。这是我的问题。在我眼里，那些房子都一个样子，门也一样。可是，就算是深更半夜，人们照样能找到自己的家，小孩子也能。

你也住在这里。

这是什么地方？首尔钟路区付岩洞……这就是钟路区吗？钟路区……钟路区……啊，钟路区！以前你大哥结婚的时候，新房子的地址就从钟路区开始。钟路区东崇洞。妈妈，这里是钟路区。每次写地址的时候，我的心情都很愉快。钟路是首尔的中心，现在我就住在这里。乡下的土包子终于来到了钟路，你哥哥在信里这样写道。虽然钟路区号称首尔的中心，不过在我看来，当时的钟路只是贴着好像叫乐山的陡峭山麓的联立住宅，看样子怪吓人的。爬到上面，累得我气喘吁吁。当时我就想，城里怎么会有这样的地方，倒比我们农村还像农村。这里也是，我的感觉和当时差不多，这个城市里竟然有这样的地方。

去年，你们结束了三年多的国外生活，回到首尔，手头的钱不够支付以前住过的房子的租金。也许是因为失望，你们搬到了这个地方。这里简直就是农村，虽说有咖啡厅，也有美术馆，但竟然还有磨坊。有人在磨坊里做白色的长条糕，我想起从前的事，在那儿看了很久。春节要到了吗？磨坊里做白色长条糕的人很多很多。这个城市里竟然还有在春节做白糕的村庄。每到春节，乡下人就用手推车带着一斗米，去磨坊里做白糕。排队的人很多，只能往冻僵的手上使劲哈气。

带着三个孩子，生活难免有不方便的地方。女婿去宣陵[1]上班，每天都要走很远的路。附近有市场吗？

——每次去超市都买回很多东西，可是很快就吃光了。就算每人只喝一杯酸奶，也要买三杯，三天就要九个。妈妈！太可怕了，买了那么多，转眼就没了！

你张开双臂，强调有那么多。家里有三个孩子，这也是理所当然的事情。

老大面红耳赤地骑自行车回来，刚想停在大门口，突然吓了一跳。妈妈，老大叫了一声，慌忙推开大门进来。披着灰色外套的你抱着老三，面带疑惑地推门出来。

——妈妈！小鸟！

---

1 首尔市地名。

第四章　另一个女人

——小鸟?

——嗯,大门口!

——什么鸟?

老大没有回答,而是指了指大门。你担心怀里的老三会冷,拉起上衣帽子,盖住老三的脸颊,走出了大门。一只灰色的鸟躺在大门外面,从脑袋到翅膀都带有黑色的花点,翅膀已经冻僵了。你看着那只鸟,眼睛模糊了。你想到了我。丫头,你家周围到处都是鸟。怎么会有这么多鸟呢?冬鸟无声无息地在你家周围盘旋。

几天前,你看见一只喜鹊落在你家的木瓜树下。你觉得它是肚子饿了,就回到房间,拿出孩子们吃剩的面包撒在树下。那个时候你也想起了我。每到冬天,我都会舀一瓢陈米,撒在柿子树下面,让落在光秃秃的柿子树上的鸟儿吃。傍晚,你撒了面包屑,二十多只小鸟飞到木瓜树下。有的小鸟翅膀像你的巴掌那么大。从那以后,你每天都在木瓜树下撒面包屑喂鸟。这只鸟不在木瓜树下,而是躺在大门外。我知道这只鸟的名字,叫灰鸻。这是海边才有的鸟。我在盐港,在那个人住的地方看见过。退潮的时候,灰鸻在沙滩上寻觅食物。

你没说话,老大抓住你的胳膊使劲摇晃。

——妈妈!

——……

——死了吗?

老大问,你仍然不说话。你板着脸,静静地看着那只鸟。

——妈妈!鸟死了吗?

听到外面的声音,老二跑出来问。你抱着老三,默默无语。

电话铃响了。

——妈妈,姨妈的电话!

好像是大女儿打来的。你从老二手里接过话筒,脸色又僵住了。

——姐姐你怎么能走呢?

大女儿好像又要乘飞机了。你眼里含着泪,嘴唇好像也在颤抖。你突然冲着话筒喊了起来。丫头,你不是这样的孩子,怎么能跟姐姐吼呢?

——都太过分了……都太过分了!

你使劲放下电话。这是你姐姐对你也对我做过的事。不一会儿,电话铃又响了。你看了看电话,铃声没有停,你拿起了话筒。

——对不起,姐姐。

你的声音已经恢复了平静。你静静地听着电话那头姐姐的声音。听着听着,你的脸又红了,突然大声喊道,什么?圣地亚哥?一个月?

你的脸涨得更红了。

——你是问我可不可以去吗？你都已经决定了，还问我干什么！你怎么可以这样？

你握着话筒的手在颤抖。

——一只鸟死在大门外面，我的心情糟透了，妈妈可能出事了！为什么到现在还没有找到妈妈？为什么？这个时候你还要离开？怎么大家都这样？连姐姐也这个样子吗？这么冷的天，妈妈也不知道在哪儿，大家只知道忙自己的事！

丫头，冷静点儿，你也要理解姐姐的心情。如果你看过之前的三个季节里你姐姐的样子，你就不会这么说了。

——什么？让我找妈妈？我？我带着三个孩子，还能做什么！你想逃跑是不是？你受不了了，所以想逃跑，是不是？姐姐你总是这样。

丫头，刚才都冷静下来了，怎么又这么激动？咣当，你又放下了话筒，放声大哭。老三跟着你哭。老三的鼻子马上变红了，额头也变红了。老二也跟着你哭。老大推门出来，呆呆地看着你们三个人哭。电话铃又响了，你哭着接起了电话。

——姐姐……

泪水夺眶而出。

——不要去！不要去！姐姐！

最后，大女儿开始安慰你了。安慰不成，就说她要来你家。你放下电话，默默地低头坐着。老三坐在你的膝盖上，你把老三搂在怀里。老二走过来，抚摸你的脸颊。你伸手拍打老二的后背。老大为了讨你欢心，趴在你面前做数学题。你抚摸着老大的头。大女儿从敞开的大门进来了。哎哟，小允！大女儿从你手中接过老三。老三还很认生，在姨妈怀里伸出双手，挣扎着扑向你。

——让姨妈抱会儿。

大女儿揉了揉老三的脸蛋。老三哭了，她把孩子又递给你。回到妈妈的怀抱，孩子终于冲姨妈笑了，眼里还含着泪。哎哟！大女儿揉了揉孩子的脸蛋。你们姐妹俩默默地坐着。电话里说不清楚，大女儿沿着雪路赶到你家，却又什么话也不说了。她的样子好狼狈，眼睛肿了，大眼睛变成了一条线，一看就是很长时间没睡好觉。

——还去吗？

久久的沉默之后，你问姐姐。

——不去了。

大女儿像是卸下了沉重的包袱，有气无力地趴在沙发上。她困得坐不住了。可怜的孩子，假装坚强，其实内心脆弱不堪。怎么能这样糟蹋身体呢？

——姐姐！你睡着了吗？

你晃了晃姐姐，手掌轻轻拂过她的肩膀。你呆呆凝视着睡梦中的她。小时候也是这样，即使因为什么事闹得很凶，很快你们就会和好。我刚要责备，却又看见你们已经手拉手睡着了。你走进房间，拿来毯子给姐姐盖好。大女儿皱起了眉头。这个冒失的孩子，困成这样了，竟然还敢开车。

——姐姐，对不起……

你小声嘀咕道。大女儿睁开眼睛看着你，自言自语地说，昨天我见到了那个人的母亲。如果我们结婚，她将成为我的婆婆。那个人的姐姐也住在家里。她是单身，经营一家名叫"斯维斯"的小西餐厅。他的母亲又小又瘦，对他姐姐唯命是从，甚至称呼女儿为姐姐。他姐姐经常喂母亲吃饭，哄她睡觉，帮她洗澡，说妈妈你好可爱。不知从什么时候开始，他的母亲开始叫女儿姐姐了。他的姐姐说，如果你是因为妈妈而不结婚的话，那就不用担心。她说自己会和妈妈一起生活，像姐姐一样照顾妈妈。新年伊始的一月，她会送妈妈去疗养院，自己去旅行。他只要在姐姐出门的时候过去看看妈妈就行了。他的姐姐经营西餐厅赚了钱，每年都要出去旅行一个月，已经坚持二十年了。妈妈叫她姐姐，不过她还是很快乐。妈妈养育了我那么多年，现在也该换换角色了。他的姐姐这样说的时候脸上带着微笑。

大女儿略作停顿，静静地望着你。

——说说妈妈的事儿吧。

——妈妈的事儿?

——嗯……关于妈妈,别人不知道的事儿。

——名叫朴小女,出生日期为1938年7月24日,烫过的短发,白发很多,颧骨较高。身穿蓝衬衫、白外套、米色百褶裙,失踪场所……

大女儿眯着眼睛看了看你,疲惫让她又闭上了眼睛。

——我们不了解妈妈,只知道她丢了。

该走了,可是我迈不动脚步。我已经在这里坐了一天。

哎哟!

我就知道会这样,这是喜剧电影里才会出现的场面。哎哟,我真不知道该说什么才好,这种时候你还笑得出来?原来是你的大儿子正在旁边戴着帽子跟你说什么呢。他说什么?让我听听?啊,原来是想去滑雪场。你说不行。环境变了,学校功课都跟不上,应该趁假期好好跟着爸爸集中学习,这样下学期才能跟得上学校进度,否则以后还是很吃力。你对老大说这些的时候,蹒跚学步的老三正在饭桌下面捡饭粒吃。你手上长眼睛了吗?明明看着老大说话,手却从老三手里抢过沾满灰尘的饭粒。老三大哭,紧紧贴着你的腿。你的手自然而然地抓住了差点儿摔倒的老三的手，嘴上仍然向老大解释为什么要学习。也不知道老大是不是在听你说话，东张西望了一会儿，大声喊着，我想回到那里！我不喜欢这里！二女儿从房间里跑出来，叫着妈妈，嘀嘀咕咕说自己的头发乱了，等会儿要去补习班，让你帮忙梳头发。你的手抚摸着二女儿的头发，嘴里还在对老大喋喋不休。

啊，三个孩子齐刷刷地扑向你了。

我的女儿，你同时听三个孩子说话。你的身体已经被三个孩子锻炼得异常结实。老二坐在餐椅上，你给她梳头。老大说他还是想去滑雪场，你用了缓兵计，让他找爸爸商量。这时，老三摔倒了。你连忙放下梳子，扶起摔倒的孩子，揉了揉她的鼻子。然后你拿起梳子，继续给老二梳头。

突然，你看了看窗外。你看到了落在木瓜树上的我，我与你目光对视。你小声说，第一次看见这种鸟。

你的三个孩子都顺着你的视线望过来。

——好像和昨天死在大门口的那只鸟是一家子，妈妈！

老二握住你的手。

——不是的……那只鸟不是这个样子。

——不，就是嘛！

死在大门外的小鸟被你们埋在了木瓜树下。老大挖坑的时候，老二做了个木头十字架。懵懂无知的老三连声叫喊。你拿起鸟，折起翅膀，放在老大挖好的坑里，老二念了声"阿门"，埋好了小鸟，老二给正在上班的爸爸打电话，描述了埋葬小鸟的经过。我做了十字架，爸爸！

十字架在风中倒下了。

听着孩子们喋喋不休，你走到窗前，想把我看个清楚。你的孩子们也跟着你拥到窗前看我。哎哟，不要看了，我对不起你们。你们出生的时候，我想的最多的不是你们，而是你们的妈妈。梳好小辫子的老二盯着我看。你出生的时候，你的妈妈没有奶。生你哥哥的时候，你妈妈在医院不到一周就出院了。生你的时候很不顺利，你妈妈在医院住了一个多月。那时候是我照顾的你妈妈。你的奶奶来医院探望的时候，你哭了，你奶奶跟你妈妈说，孩子哭了，快给孩子吃奶。看着你妈妈把没有奶水的干瘪乳头放进你嘴里，我瞪了一眼还是新生儿的你。匆忙送走你的奶奶，我从你妈妈的怀里夺过你来，用手掌打了你的屁股。孩子哭了。奶奶会说，孩子哭了，快给孩子吃奶。外婆却说，这孩子怎么老是哭，折磨妈妈……我也不例外。你不可能知道这些事情，奇怪的是你

第四章　另一个女人　　　　　　　　　　　　173

对奶奶比对我更亲。见到我的时候你说，外婆，您好！见到奶奶的时候，你却娇滴滴地叫着奶奶，扑进她的怀里。每当这时，我心里就犯嘀咕，看来你是知道我用手掌打你屁股的事啊。

对了，你长得很漂亮。

看看你浓密的黑发，扎起小辫子有拳头那么粗，跟你妈妈小的时候一模一样。我从来没给你妈妈梳过小辫子。你妈妈很想留头发，我总是给她剪成短发。我没时间让她坐在我的膝盖上梳头。看样子她正通过你完成她小时候想要梳小辫子的心愿。你妈妈的眼睛盯着我，手却在抚摸你的头发。她的眼睛湿润了。唉，她又想起我了。

丫头，是妈妈呀。吵吵嚷嚷中，你能听见我说话吗？我是来向你道歉的。

请原谅你生下第三个孩子，抱着回家时，我给你的脸色。你叫了声妈妈，然后惊讶地盯着我的脸。此情此景总是浮现在我眼前，挥之不去。为什么呢？也许是因为你的计划里没有第三个孩子？或许因为你姐姐还没结婚，而你已经生了三个孩子，说出去脸上不太好看？你在遥远的异国他乡默默地怀了第三个孩子，独自熬过害喜之后才告诉我们老三即将出生的消息。你生老三的时

候,我也没帮上什么忙,看到你抱着孩子回来,我却冲你嚷嚷:

你想干什么!生三个孩子干什么!

对不起,丫头。我对不起你的老三,也对不起你。这是你的人生,而且你在解决问题方面表现出了惊人的专注力,你自己肯定能应付得了。妈妈忽然忘了你是什么样的孩子,这才说出那样的话。你从美国回来后,妈妈每次见到你都会流露出那样的神情,也请你原谅。你很忙,我偶尔去你家,你总是脚不沾地地追赶着你的孩子们。一会儿给这个孩子穿衣服,一会儿给那个孩子喂饭,一会儿又扶起摔倒的小家伙。接过放学回来的孩子手中的书包,用肚子迎接喊着妈妈并扑进你怀抱的孩子……因为子宫肌瘤做手术的前一天,你还在忙着给孩子们做饭。我去你家帮你照顾孩子,打开冰箱门的瞬间,你不知道我有多么悲伤。冰箱里摆满了足够孩子们吃四天的食物,你的眼皮低垂,显得有气无力,却还在叮嘱我,妈妈,最上面一栏明天吃,下面一栏后天吃……你就是这样的人,什么事情都要亲自动手。正是因为我知道,你生完老三回来后我才问你,你想干什么!那天夜里你洗澡,我拿起你脱在门口的衣服看了看。衬衫袖口都磨破了,还沾着李子汁。裤子的膝盖部分向外凸出,裤缝开了线。文胸破旧了,也不知道是什么时候买的,带子上还起了毛。窝卷成团的短裤上面,花纹已经看不清楚,看不出是鲜花、水珠,还是小熊,有些脏了。你不像你的姐姐，你从小就是个爱干净的孩子，白色运动鞋哪怕有豆粒大点的污痕，你也会重新洗干净了再穿。亲爱的女儿，你那么努力学习，难道就是为了过这样的生活？现在我想起来了，你从小就和你的姐姐不同，你非常喜欢小孩子。你手里拿着自己喜欢的食物，看到邻居家的孩子羡慕的眼神，会毫不犹豫地送给他们。当你自己还是个孩子的时候，看到别的孩子哭泣，你也会走过去帮他擦干眼泪，拥他入怀。你就是这样的孩子，妈妈忘记了。你的心里没有了工作，穿着旧衣服，头发束在后面，只想养育孩子。妈妈在背后看着你的样子，心里好难过啊。你洗了抹布擦拭房间的时候，妈妈与你目光相遇。我对你说，你就过这种日子吗？这句话也请你原谅。不过，你好像没听懂我当时的话。最后我也没去你家。你读了那么多书，拥有令人羡慕不已的能力，为什么要过这种枯燥的日子？我不想看到你这个样子。我的乖女儿！你敢于面对现实，勇往直前，有时候我却感到气愤，不明白你为什么要选择这样的生活。

丫头。

你给妈妈带来了很多快乐。你是我的第四个孩子。准确地说，你应该是我的第五个孩子。这话我以前从来没对人说过。你上面还有个孩子，可惜没有活下来。那是你姑妈接生的，说是男孩。孩子没有哭，也没有睁眼，是个死胎。你姑妈要找人把孩子埋了，我制止了她。当时你父亲也不在家。我和那个死了的孩子在房间里躺了四天。那是冬天。每到夜晚，就能通过窗纸看到外面下雪的情景。第五天，我翻身起床，用缸背着那孩子，上山埋了。挖坑的人不是你父亲，而是那个人。如果那个孩子没死，你就有三个哥哥了。那之后我自己生了你。你问发生了什么事情？没……没有，什么事也没有。我说要自己生的时候，你姑妈甚至有些失落。现在我终于可以说了，我不害怕自己生孩子，怕的是再生个死胎。我不想让任何人看到。如果再生死胎的话，我不想得到那个人的帮助。我要亲手埋掉，然后再不下山回家了。当时我的想法就是这样。阵痛来袭的时候，我没有告诉你的姑妈，而是烧好热水，放在房间里，再让你年幼的姐姐坐在我身边。我害怕会生出死胎，大气都不敢出。皱皱巴巴、热热乎乎的你从我的身体里钻了出来。还没等擦干你的身体，我就打你的屁股，你马上就哭了。看到你，你年幼的姐姐也笑了。宝宝——姐姐呼唤着你，抚摸着你柔软的脸蛋。你是活的。我沉浸在喜悦里，忘记了疼痛。后来我才发现，我的舌头已经血淋淋的了。你就这样出生了。我担心再生出死胎，终日沉浸在悲伤和恐惧之中，你的到来给了我安慰。

丫头。

至少对你，我能做到其他妈妈所能做到的一切。我的奶水很多，喂了你八个多月。你是几个孩子里第一个上幼儿园的，你的第一双鞋不是胶鞋，而是运动鞋。是啊，你上小学的时候，我还给你做了名签。我第一次写字，写的就是你的名字。为了写好你的名字，我不知道练了多少次。我把手帕和名签戴在你胸前，送你到学校操场。你说这有什么了不起的，这对我来说可是了不起的大事。你大哥上小学的时候，我都没有送他去过学校呢。我生怕他们让我写字，于是找种种借口，让你姑妈去了。你大哥抱怨说，别的孩子都有妈妈陪着上学，只有我是姑妈送的。直到今天，我好像还能听见你大哥的牢骚。你二哥上学的时候，我把他交给了你大哥。你姐姐也是由哥哥带着去上学的。给你到市里买书包，买带花边的连衣裙，这都是只有你才享受过的待遇。能为你做这些，我感到幸福。我还拜托那个人给你做了张小书桌，尽管这对你来说不算什么。你的姐姐没有书桌。如今，她偶尔还会提起，当初总是趴在地上做作业，肩膀都变宽了。看到你坐在书桌前学习、读书，妈妈的心里满是喜悦。你准备考试的时候，我给你用饭盒带饭。你上晚自习的时候，我在外面等你回家。你也给我带来了巨大的快乐。你是小镇上学习最好的孩子。你考上了首尔一流大学，而且是药科大学。你读过的女高甚至打出横幅庆贺。经常有人问我，你怎么生出了那么聪明的女儿啊？每当这时，我的嘴巴就咧到了耳朵根。你不会知道，每次想到你，我有多么骄傲。

虽然是自己的孩子，如果没能尽到做父母的本分，当然不会产生这样的心情。尽管是自己的孩子，心里也会感到歉疚。你却让我摆脱了这种歉疚。你上了大学，参加游行示威的时候，我也没像对你哥哥那样进行干涉。你在明洞教堂绝食抗争的时候，我也没有去找你。也许是催泪弹的缘故吧，你的脸上长满了粉刺，而我还是什么也没说。我不知道究竟是怎么回事，不过我相信你这样做肯定有道理。你和朋友们回到乡下的家里，准备读夜校的时候，我还给你们做饭。你的姑妈说，这样下去女儿恐怕要变成"赤匪"了。我还是让你随心所欲。我对你的两个哥哥不是这样，总是约束，总是批评。你二哥被警察用警棍打伤腰部的时候，我熬了盐水为他热敷，同时还威胁说，如果再这样继续下去，我就死给他看。不过我也很紧张，生怕你哥哥会觉得我无知。年轻人就该做年轻人的事，我却拼命阻挡。我对你没有这样。尽管不知道你究竟想改变什么，然而我没有试图阻止。那年七月，我还和你一起随着葬礼队伍去了市政府前。那时候，你的侄子出生了。我在首尔。

你说我记性真好？谁说不是呢。

倒不是我记性好，只是有些日子我无法忘记。比如那一天，你清早出门的时候看了看我，问，妈妈要不要也去啊？

——去哪儿？

——二哥的学校！

第四章　另一个女人

——去那儿干什么？又不是你们学校！

——那里举行葬礼，妈妈。

——原来是这样……妈妈为什么要去啊？

你呆呆地看了看我，关上房门准备出去，很快又走了进来。我手里拿着刚出生的孙子的尿布，你猛地夺了过去。

——妈妈也去吧！

——马上就吃早饭了，我还得给你嫂子做海带汤呢。

一天不吃海带汤，嫂子又死不了。你有些反常，粗鲁地反驳妈妈。于是，我被你强拉着换上了外出的衣服。

——我就是想和妈妈一起，走吧！

我喜欢你这句话。身为大学生，你却愿意带上我这个从来没迈进学校门槛的妈妈，理由是"我就是想和妈妈一起"。我还记得你说这句话时的语气。那天我第一次看到那么多人聚会。那个死于催泪弹的二十岁年轻人叫什么名字啊？我问过好几次，你都告诉我了，现在还是想不起来。那个年轻人究竟是谁？怎么会有那么多人为他聚会？我跟着你，追随在走向市政府的葬礼队伍后面，生怕找不到你。我一次次找到你的手，紧紧地抓住。你看到了，对我说：

妈妈！万一找不到我了，你不要到处走动，站在原地，我会回来找你的。

为什么直到现在我才想起这句话啊?在地铁首尔站没能跟着你父亲上地铁的时候,如果想起这句话就好了。

丫头,你给我留下了这么多美好的回忆。你拉着我的手,一边走路一边唱歌。那么多人不约而同地喊出同样的话,虽然我听不懂,也不能跟着呼喊,但那是我第一次去广场之类的地方。是你带我去的,你真让我感到骄傲。在那里,你好像不是我的女儿了。你和在家时判若两人。你像恶狠狠的老鹰。你的嘴唇那么严肃,你的声音那么果断,以前我从来没有这样的感觉。我亲爱的女儿,从那之后,每次我来首尔,你都把我从家人中拉出来,带我去电影院,带我去看王陵,带我去书店里卖唱片的地方。你把耳机戴在我的耳朵上。因为有了你,我才知道首尔有个地方叫光化门,有个地方叫市府前。因为有了你,我才知道这世上还有电影和音乐。妈妈觉得你和别人过的是不一样的生活。你出生以后,家里摆脱了贫困,所以我让你自由自在做自己想做的事,仅此而已。正因为这种自由,你常常让我看到另外的崭新的世界,所以我希望你更加尽情地享受自由,更多地为别人做事。

……我要走了。

可是,哎呀……

老三好像困了。嘴角流出口水，眼睛已经半合。老大和老二分别去了学校和补习班，家里安静了许多。怎么搞的啊！哎哟，你的家里太乱了，从来没见过这么乱的家。我想帮你收拾房间……可是现在，我帮不了你。哄孩子睡觉的时候，我的女儿也睡着了。是的，你好辛苦啊。我的孩子抱着自己的孩子睡着了。冬天怎么还出这么多汗？我亲爱的女儿，舒展开眉头吧。这样皱着眉头睡觉，皱纹会长出来。你的娃娃脸已经不见了，月牙样的小眼睛变得更小了。你笑的时候，从前的可爱模样也不见了。你的脸上冒出了很多皱纹。如果我活的年头能有你的皱纹那么多，那也算不上是短命了。丫头啊，妈妈真没想到你会这样带着三个孩子生活。你姐姐是个感性的人，动不动就发脾气，动不动就哭闹，稍不如意就暴跳如雷。你和你的姐姐不一样，你做什么事都要制订计划，然后按照计划去实施。你对我说，妈妈，我也没想到，没想到我会生三个孩子……既然怀了孩子，就得生下来，还能怎么样呢。你这样说的时候，我真的感觉你好陌生。我以为要多生也应该是你的姐姐多生。你很少发火，即使兄弟姐妹中间有谁生气，你也仍然平心静气地说话。我还以为在生孩子这件事上你也会充分考虑现实，只要一个。你姐姐纠缠妈妈，说她也要像两个哥哥那样拥有自己的书桌，还因此发了脾气。你没有，你从来没有对妈妈使过性子。你扎着两条小辫子，趴在地上，我问你干什么，你说在做数学题。你姐姐从小就不肯看数学，你却很擅长。你在解答问题的时候表现出惊人的专注力。得出答案后，你常常嘿嘿笑几声。我到底是怎么了，为什么总也找不到答案？想必你也很痛苦。因为三个孩子，你不能奋不顾身地找我。你只能赶在每天太阳落山时给姐姐打电话，姐姐，今天还没有妈妈的消息吗？因为孩子，你不能到处寻找，也不能痛痛快快地放声大哭。我亲爱的女儿，虽然身体不听使唤，但是只要神志清醒，我总是会想起你。算上刚刚学走路的老三，你养了三个孩子，我能为你做的却只是给你寄些泡菜。想到这些我就觉得对不起你。你抱着孩子回家的时候，一边脱鞋一边笑着说，妈妈，我穿了两只不一样的袜子。当时妈妈的心里很不是滋味。你那么爱干净，却连认真穿袜子的时间都没有了，可见你忙成什么样子。偶尔神志清醒的时候，我就想起应该为你和你的孩子们做的事情，这样我就会产生活下去的欲望……我想脱掉脚上这双已经磨破后跟的蓝拖鞋，也想脱掉身上这件沾满灰尘的夏装。我还想摆脱连自己都认不出来的狼狈模样。我的头好像要碎了。好了，丫头，抬起头来，我想抱抱你，我要走了。枕着我的膝盖躺一会儿吧，休息一下，不要为我悲伤。因为你，妈妈有了很多快乐。

啊，你在这里。

我去了你位于盐港的家。房子好像空置很久了，那扇面朝大海的木门已经破损，门上插着钥匙。房门紧锁，厨房门为什么要敞开呢？海风猛烈地摇撼着厨房的门，木门几乎彻底粉碎了。

你怎么会在医院里呢？医生怎么这样？也不给你治病，却总是问些无关紧要的问题。他总是问你的名字，为什么呢？你为什么不肯说出你的名字？只要说出"李银奎"这三个字就可以了。你为什么不肯说，害得医生反反复复问个不停？真是的，那个医生为什么要这样？现在又拿起孩子们玩的小船模型，问你，知道这是什么吗？当然是船，还能是什么啊。又不是开玩笑，问这个干什么？哦，真的不知道吗？连你叫什么名字也不记得了吗？真的不知道那个小船模型是什么吗？

医生又问，年龄？

——一百岁！

——不要这样，说出你的年龄！

——二百岁！

我真是痛心。你怎么会是二百岁？你比我小五岁，那应该是多少？医生又问你的名字。

——新久！

——好好想想！

——白一燮！

新久？演员白一燮？我喜欢的新久和白一燮？

——不要这样，好好想想再回答。

你在啜泣。你怎么了？你为什么在这里？为什么要被人问这样的傻瓜问题？你才多大年纪，竟然回答不出这样的问题，还为此哭哭啼啼。我第一次看到你的眼泪。哭的人总是我。你看到我哭过多少次，我却第一次看到你哭的样子。

——好了，再说一次你的名字！

——再说一次！

——朴小女！

这不是你的名字，而是我的名字。我想起你第一次问我名字时的情景。你就像陈旧的公路，铺在我的心里。你像石子路上的碎石子，你像泥土地里的泥土，你像灰尘中的灰尘，你像蜘蛛网中的蜘蛛网。那时我们都还年轻。活了这么多年，我从来没觉得自己年轻过，然而想起第一次见面的情景，我的眼前浮现出自己年轻的面孔。年轻的我头顶装满面粉的白铜罐，沿着新修的公路从磨坊回家。那是小均买给我的罐子。回到家里，我要用罐子里的面粉给孩子们做面片。想到这里，年轻的我就加快了脚步。磨坊位于桥那边四五里的地方。我头顶装满面粉的白铜罐，额头上渗出了汗珠。你骑着自行车从新修的公路上经过，停在我面前，叫住了我。

——大嫂。

年轻的我两眼注视前方。我穿着宽松的裤子和小褂，乳房似乎要探出小褂的衣襟了。

——你放下头上的罐子，给我吧，我用自行车帮你驮。

——我怎么能把东西交给过路人？

嘴上这么说，年轻的我还是放慢了脚步。那个罐子真的很重，我的头都要被压碎了。我用毛巾打了结，垫在下面，还是感觉额头和鼻子直往下坠。

——反正我这也是空车，你住在哪里？

——桥那边的村子……

——村口有个小商店，是吧？我把东西放在那里。给我吧，你就可以轻轻松松地走路了。你的东西看起来很重，我的车是空的。只要放下罐子，你就能走得更快了，也能早点儿到家。

年轻的我咬着罐子下面的结，注视着跳下自行车的你。比起亨哲爸爸，你的长相实在是太平凡了。从前是这样，现在还是这样。你长着貌似街头小贩的长脸孔，脸色很白，看上去像是从来没做过活儿的人。眼角低垂，怎么看都不是天生的美男子。浓浓的眉毛很平坦，显得你很正直。嘴角也很端正，感觉是个信得过的人。那双眼睛仿佛在静静地注视着什么，感觉似曾相识。我没有痛快地递给你顶在头上的罐子，而是盯着你的脸。你准备重新骑上自行车了。

——我没有别的意思，只是觉得那个东西挺重，想帮你减轻负担。既然你不领情，我也没办法。

你的脚又踩在看似很结实的自行车脚踏板上。我连忙对你说了声谢谢。我停下脚步，取下头顶的罐子，递给了你。你解开系在自行车后座的粗绳子，放好罐子，用绳子固定住。我默默地看着你。

——东西我给你放在小商店里！

初次见面的你，带着我要给孩子们吃的粮食，骑车掠过了尘土飞扬的公路。我解下头上的毛巾，拍了拍裤子上的灰尘，望着消失在前方的你和你的自行车。灰尘总是遮住你和自行车，我揉着眼睛仔细打量。头顶轻松了，我也感觉舒服多了。我使劲摆着双臂，走在公路上。清爽的风吹进衣襟，我手里什么也没有，头顶也没有，后背上也没有任何东西，我已经很久没这样走路了。我看着在傍晚的天空中飞翔的小鸟，哼起了小时候跟着妈妈唱过的歌，走到了小商店。我的眼睛从很远的地方就开始搜寻。走到近前，我看了看商店门口，却没有看到本应放在门口的罐子。那一刻，我的心跳加速，连忙加快了脚步。我想问商店的女人，有没有人在这里放了一个罐子？可是我不敢。如果有人放在这里，我应该会看见，但我没有。我终于明白了，你抢走了我孩子的晚饭。泪水在眼眶里打转，我怎么能够相信初次谋面的人，竟然把

第四章 另一个女人　　　　　　　　　　　　187

盛着孩子们晚饭的罐子交给你呢？我究竟着了什么魔？我怎么会这样呢？当你的自行车从视野里消失的瞬间，隐约的不安掠过我的脑海。现在，不安变成了现实。直到如今，我仍然记得当时的绝望。我不能两手空空回家，无论如何我也要找回装着面粉的罐子。那天做早饭的时候，我去粮仓舀米，舀子碰到空空的米缸，发出刺耳的声音。如果有罐子里的面粉，应该可以支撑十天。想到这里，我就不甘心。经过商店，我继续向前，去找你和你的自行车。我逢人便问，有没有见过像你这样的人。一路打听一路走，很快就打听到了你。你是这样马虎。你住得并不远，距离我们村只有五里路，就是进镇之前的入口处的村庄，那里有瓦房。你家的位置有点儿偏僻。打听到这个消息，我就像田径运动员似的朝你家跑去。因为我必须赶在你把罐子里的面粉用光之前见到你，才能把面粉要回来。进入村庄的路口两边是两片稻田，我在两片稻田之间的山丘上的破旧房子门前发现了你的自行车。那一刻，我大声叫着冲进了你家。我看见了坐在破旧廊台上目光空洞的你的老母亲，看到了使劲吮吸手指的三岁孩子和你难产的妻子。我来是为了找回被偷走的罐子，却在黑暗而狭窄的厨房里拿起挂在墙上的锅，倒上水，烧了起来。我推开守着难产的妻子连连跺脚的你，拉着初次见面的你妻子的手，大声喊着"用力！用力"。不知过了多久，终于听见了婴儿的啼哭声。家里连碗海带汤都没有准备。你的老母亲双目失明，看上去好像已经死了。我接过刚出生的孩子，从罐子里舀了面粉，和了面，煮了面片，然后又舀出几碗面粉，把汤端进产妇的房间……然后我继续顶着罐子回家了。这是几十年前的事了？这就是当时出生的孩子吗？他在给你擦手，让你趴下，帮你擦拭后背。时间过得好快啊，你光滑的脖子已经变得皱皱巴巴，浓密的眉毛也掉了，端端正正的嘴角也认不出来了。现在，你的孩子代替医生问你，父亲，说出你的名字！你知道你叫什么名字吗？

——朴小女。

我都说了，这是我的名字，你怎么还这样说。

——朴小女是谁，父亲？

我也想知道，我是你的什么人？我是什么人？

七八天之后，我还是不放心，带着海带去了你家。产妇不见了，只剩下刚刚出世的孩子。生下孩子之后，你的妻子高烧三天，最终还是撒手人寰。你说妻子严重营养失调，无法承受生产之痛。你的老母亲仿佛什么都不知道，仍然眼神空洞地坐在旧廊台上，旁边还有个三岁的孩子。也许陪伴在你病床边的不是当时刚刚出生的孩子，而是那个三岁的孩子。

我不知道我对你来说意味着什么，你却是我人生的伙伴。准备给孩子做饭的面粉被你偷了，我曾经为此眼前漆黑，结果你却成了我多年的伙伴，谁能想得到呢。我们的孩子不能理解。如果能够理解你和我，那么几十万人死于战争的事也就不难理解了。明明知道产妇已经离开人世，我却不忍心就那么离开，于是就把带去的海带泡进水里，和好那天从我的罐子里舀出之后剩余的面粉，放入海带，煮了面片汤。然后每人盛一碗，放在桌子上。我转身想走，却又回去给刚出生的孩子吃了我的奶水。那时候，我的奶水都不够我女儿吃的呢。你抱着刚出生的孩子，到村里到处讨奶。虽说生命无比脆弱，但是有的生命却无比顽强。听我大女儿说，除草机割杂草的时候，就在割断的瞬间，杂草还缠着除草机的车轮，撒下种子，试图继续繁殖。你的孩子吮奶的样子很可怕。他太用力了，我感觉自己都要被他吸进去了。我用手拍了拍他因为胎热未散而红通通的屁股。还是不行，我只好强行推开了。刚刚出生就失去母亲的孩子，只要叼住乳头，本能地不想松开。我放下孩子，转身想走。这时候，你问我叫什么名字。结婚以后，你是第一个问我名字的人。突然间，我害羞地垂下了头。

——朴小女。

那时，你笑了。我想让你再次露出笑容。我也不知道为什么会产生这样的念头。是的，你没有问，我却告诉你，我姐姐的名字叫朴大女。你又笑了。你说你叫李银奎，你的哥哥叫李金奎。

你还说，父亲在给你们取名字的时候，就希望你们能赚很多钱，成为富翁。每次叫你们的时候，父亲甚至直接叫金柜、银柜。也许是出于这个缘故吧，名字叫金奎的哥哥比叫银奎的你过得好点儿。这回是我笑了。看见我笑了，你也跟着笑。无论是当时还是现在，我最喜欢的是你笑的样子。所以在医生面前，你也不要皱着眉头，笑笑吧，反正笑又不用花钱。

孩子满三周之前，我每天都去你家给孩子喂奶。有时赶在大清早，有时赶在深更半夜。这件事变成了你的枷锁吗？我为你做的只有这些，然而从那之后的三十年里，只要碰到困难我就去找你。孩子叔叔出事是我找你的开端。当时我真的不想活了，觉得死是最好的解脱办法。每个人都在折磨我的时候，只有你什么也没问，只是让我忍耐。你说，随着时间的流逝，所有的伤口都会愈合。你让我什么都不要想，冷静地处理眼前的事情。如果没有你，真不知道我当时会怎么样。我已经神情恍惚了。我生下第四个孩子却是死胎的时候，也是你帮我埋掉了。这样想来，你之所以搬到盐港，是不是因为觉得我太麻烦？你这个人和海边、渔夫根本不搭界啊。你应该耕地播种才对。你没有地，只能耕种别人的土地。你搬到盐港的时候，我应该想到这些的。现在我才明白，你是因为受不了我才逃到盐港的。对你来说，我真是个坏人。

第四章 另一个女人

是啊，初次见面好像很重要。

我一直觉得你欠了我的情，这是真的。要不我怎么会那么肆无忌惮地对你。你带着我的罐子逃走以后，我找到了你。你不声不响地搬到盐港，我也还是找到了你。你和盐港格格不入。看到你站在大海前，而不是稻田前，我感觉很陌生，很不协调。你在海边盐地里流露的表情，至今我还记忆犹新。我总是忘不了你的神情。现在想来，应该是惊讶，你竟然找到这里来了？

因为你，盐港成了令我难忘的地方。每次我都是因为遇到棘手的事情才去找你。当我过得风平浪静的时候，我会把你遗忘。我以为我已经忘记你了。我去盐港找你，你跟我说的第一句话就是"什么事"。现在我终于可以说了，那次我去找你并不是因为遇到了什么事，那是我第一次为了找你而找你。

除了那次逃到盐港，别的时候你都在原地等候，直到我不再去找你。谢谢你在那里。也许正因为有你在那里，我才能活下来。每次感到心里不安我就去找你，却从来不让你拉我的手。对不起！我那样走近你，可是看到你走近我，我就表现得很冷漠。现在想想，我实在是太可恶了。对不起，对不起！起先是因为不好意思，后来我觉得我们不能这样，再后来是因为我老了。你是我的罪孽，也是我的幸福。在你面前，我想显得更有气节。

偶尔，我跟你说些在书上看过的事情。其实那不是我自己读的书，而是我从女儿那里打听来的。我说，智利有个叫圣地亚哥的地方。你记不住这个名字，总是问我，那个地方叫什么来着？那里有一条巡礼者之路，需要走三十三天。我女儿想去旅行，有时候会说起那里的事情。我跟你说起来的时候，好像是我自己想去。于是你说，既然那么想去，什么时候我们一起去吧。听你说要和我一起去某个地方，我的心猛地一沉。好像就是从那之后，我再没有去找过你。我根本不知道那是什么地方，也不想去。我们在过去的岁月里经历的事情，将来会怎么样呢？你知道吗？

这是我想问你的话，却问了女儿。我的女儿说，妈妈问这种话，真是太奇怪了。不过，女儿还是回答了我，妈妈，不是消失了，而是渗入我们的身体，不是吗？听起来好深刻，你能听懂吗？原以为早已过去的事情其实都渗透进这里，只是我们感觉不到罢了。过去的事和现在的事、现在的事和未来的事、未来的事和过去的事都相互交织。可是现在，这些都无法继续了。

只是我们感觉不到罢了。其实现在发生的事和以前的事，还有即将发生的事都相互牵连。你是这么想的吗？是吗？是这样吗？有时候，我看着我的孙子孙女，感觉他们和我没有关系，而是突然从某个地方掉落下来的，跟我毫无关联。

你说我们初次见面时的那辆自行车也是偷来的。你在公路上遇到头顶面粉罐的我之前，本想卖掉偷来的自行车，再买点儿海带。这些计划渗透到那儿了？你没有卖掉自行车，放回原来的位置，却被主人发现，挨了一顿臭骂。这些事情也都渗透进了过往岁月的某个缝隙，从而带着我们来到了这里吗？

我知道，我失踪之后你也在找我。以前你从来没去过首尔，这次却在首尔站下了车，坐着地铁到处寻找，看见和我相像的人，你就抓住人家。我也知道你曾经无数次到我家附近徘徊，想看看有没有我的消息。我也知道你很想见见我的孩子们，听他们说我的事情。后来，你就病成这个样子了。

你的名字叫李银奎。如果医生再问你的名字，你不要回答"朴小女"，要说"李银奎"。我准备放开你了，你是我的秘密。谁也想不到我的生命里会出现你这样的人。没有人知道你曾存在于我的生命里，然而每当我的生命遇到狂风巨浪时，你都会给我送来木筏，让我顺利渡过。人生有你，我很开心。我常常在不安的时候找你，而不是幸福的时候。也正因为有你，我才能走过自己的人生。今天我来找你，就是想跟你说这句话。

……现在，我该走了。

家里已经上冻了。

门怎么上锁了？应该敞开门，让邻居家的孩子进来玩。家里没有温度，就像冰块。下了这么大的雪，却没有人扫雪。院子里到处都是白雪。凡是能结冰的地方都结满了冰溜子。孩子们小的时候，常常摘下冰溜子，当成刀剑打架。我不在以后，好像再也没有人进来了。好久没有人迹了。亨哲他爸骑过的摩托车停在库房里。哎呀，冻得结结实实了。你千万不要再骑摩托车了。看看去吧，像你这么大年纪的人还有谁骑摩托车？你以为自己还年轻吗？我又习惯性地唠叨了。不过，骑摩托车的亨哲爸爸的确有种气质。这种气质使他不像农村人。年轻的时候，亨哲他爸头发抹油，身穿皮夹克，骑着摩托车进村，人们都盯着他看。应该有当时的照片……好像是在里屋门上的镜框里面……啊，在那儿。那时候的亨哲爸爸还不到三十岁，脸上充满如今早已彻底消失的激情。

我想起盖新房之前住过的那座老屋。我很爱那个家。说出"爱"这个字眼，我又感觉并不仅仅是"爱"。我们在那个屋子里度过了四十多年的岁月，如今它已经不存在了。以前我总是在那个屋子里面，无论什么时候都在。亨哲爸爸有时在，有时不在。有时杳无音信，仿佛永远不再回来，然而最后他总会回家。也许正是因为这样，盖新房之前的老屋常常清晰地出现在我的眼前。

第四章 另一个女人

我记得所有发生在那里面的事，记得孩子出生时的样子，记得我对亨哲他爸的等待、遗忘和怨恨。如今只剩下空荡荡的房子了，悄无声息，只有白雪守着我们的家。

房子这东西很奇怪。所有的东西都会因为人的接触而变旧，有时距离人太近，仿佛被人的毒气传染了。房子却不是这样，再好的房子没有人住，也会迅速倒塌。人在里面纠缠、说笑、走动，房子才有了生命。你看看，房顶角落已经被雪压塌了。明年春天得找人修修房顶了。客厅放电视的抽屉柜里贴着不干胶，上面写着每年春天帮我们修房顶的人的联系方法，不知道亨哲爸爸是否知道。只要打电话，他们就会派人来修。不能让房子整个冬天都空置，即使没有人住，也应该不时地打开锅炉。

你去首尔了吗？你在那里找我了吗？

大女儿去日本时寄回家的书放在那个房间，如今也上冻了。自从女儿把书寄回家以后，这里就成了我最喜欢的房间。感觉头疼的时候，我就到这个房间里躺上片刻。起先，只要稍微在这里躺会儿就好多了。我不想让你知道我头疼的事。后来，只要睁开眼睛就头疼，连饭都没法做了。我仍然不想在你面前做个病人。为此，我常常感到孤独。每当这时，我就走进放着女儿的书的房间，安安静静地躺着。有一天，我抱着疼痛不已的头暗下决心，等女儿从日本回来的时候，我要读她写的书。我忍着头痛学过识字，可惜没能坚持下来。学习识字的时候，我的状况迅速恶化。我不能告诉你学识字的事，所以很孤独。跟你说这些，我会觉得有伤自尊。学会了识字，除了亲自阅读女儿的书，我还可以做另外的事情，那就是在我离开之前，给每个家人写封告别信。

风很大，院子里的雪被风吹得纷纷扬扬。

我在这个院子里最喜欢做的事情就是夏夜里搭起火炉蒸豆沙包。亨哲抱来柴火点燃，弟弟妹妹们乱糟糟地围坐在平板床上，望眼欲穿地盯着火炉，等待锅里的豆沙包蒸熟。一锅熟了，放在盘子里，好几双手同时伸过来。每人拿一个，转眼间就没有了。蒸熟豆沙包的速度远远比不上孩子们吃的速度。我又往火炉里塞了火煤，等着又一锅豆沙包蒸熟。看着横七竖八躺在平板床上的孩子们，我甚至感觉有些可怕。他们的胃口太好了。火在燃烧，然而蚊子还是执着地叮咬我的胳膊和大腿，吸我的血。我蒸到深夜，还是被孩子们吃得干干净净，然后又在等待。这样的夏夜里，孩子们等啊等啊，接二连三地睡着了。趁他们入睡，我赶紧蒸好剩余的豆沙包，放进篮子，盖上盖子。第二天早晨，篮子里的豆沙包只是皮稍微有点儿硬。睁开眼睛，他们又坐在篮子前大吃起来。直到今天，我的孩子们仍然喜欢吃外皮稍硬的豆沙包。还是这样的夏夜，星光灿烂，我走在路上，却什么也想不起来，脑子里空空如也。我仍然经常怀念这里，怀念这里的院子、廊台、花田，还有那口水井。走着走着，突然坐在路边，想起什么画什么，画出来的就是这个家。我画了大门，画了花田，画了酱缸，画了廊台。我什么也想不起来，只能清晰地想起这个家。那个从前的家，那个早已从地球上消失的家，那个有着老式厨房、后院里长着蜂头叶的家，那个猪圈旁边有库房的家。我想起那两扇掉漆的蓝色铁门，就是左边有侧门、右边有邮箱的大门。每年只有三四次，需要同时敞开两扇门，然而带木把手的侧门总是敞开着，几乎从不上锁。即使我们家的人不在家，村里的孩子们也会从蓝色大门旁边的侧门进来，玩到天黑再回家。到了农忙时节，女儿早早放学回来，看到家里没人，就爬上放在柿子树下面的自行车，玩脚踏板。我从田里回来，坐在廊台边的女儿叫着妈妈，扑进我的怀里。老二那个臭小子离家出走的时候，我每天都把饭放在炕头，敞开两扇大门。如果饭碗被谁绊倒了，我就重新扶起来。半夜被风声吵醒，我生怕风会关上大门，于是推开房门出去，掩上块大石头。大门一动，我的眼睛和耳朵就会留意大门的动静。

柜子也结冰了。

连门都打不开了，柜子里空荡荡的。患上头疼后，我又想去找那个很久没有再找过的人。仿佛看到他，我的头疼就好了。不过，我没有去。我按捺着要去找他的冲动，整理着自己的东西。我感觉自己很快就要失去知觉，什么都认不出来了。我想赶在失去知觉之前，亲手整理我熟悉的东西。我用包袱皮包好了收拾起来却舍不得扔掉的衣物，带到地里去烧毁。亨哲领到第一个月工资时给我买的内衣仍然放在柜子里，几十年过去了，连商标都没有摘掉。烧毁这些衣物的时候，我的头也疼痛难忍，仿佛要破裂。能烧的都烧了，只留下被子和枕头，留给孩子们逢年过节回家时用。陪伴我多年的家什也全部拿出来，重新看了看。许多舍不得用的东西，还有准备在大女儿结婚时送她的盘子和碗，可是她直到现在还没有结婚。小女儿结婚后生了三个孩子，大女儿仍然没有结婚。早知道这样，我就把东西送给小女儿了。当初买的时候打算送给大女儿，结果就这么傻傻地等着，总觉得要给大女儿才行。我犹豫了一会儿，最后把这些也都拿出去粉碎了。我知道，早晚有一天，我会失去全部的记忆。在这之前，我想亲手处理自己用过的东西。我不愿意让它们留下来。橱柜最下面也是空的。所有能粉碎的东西都粉碎了，埋进了地里。

我打开结了冰的衣柜，里面只有一件冬天的衣服，那是女儿买的貂皮大衣。五十五岁那年，我不愿吃饭，也不想出门，心里满是不快，脸色也是痛苦不堪。仿佛我开口就会散发出异味，于是十几天没有说话，一句话也没说。我努力摆脱悲观的思绪，然而悲伤还是每天都在增加。虽是寒冷的冬天，我却常常把手放入凉水中，洗了又洗。有一天，我去了教堂。经过教堂门前庭院的时候，我停下脚步，俯身在怀抱着死去儿子的圣母脚下。我向圣母祈祷。我已经忍无可忍了，请把我拉出悲观吧，可怜可怜我吧。片刻之后，我停下了祈祷。面对着怀抱已故儿子的人，我还能祈祷什么？做弥撒的时候，我看见坐在前面的女人穿的貂皮大衣，情不自禁地被那种温柔吸引，悄悄地用脸去蹭女人的外套。春风般的貂皮温柔地抱住了我衰老的脸，忍耐已久的眼泪终于夺眶而出。我总想去蹭貂皮大衣，那个女人轻轻地躲到了旁边。回到家里，我给小女儿打电话，让她给我买件貂皮大衣。十几天以来，这是我第一次开口说话。

——您说要貂皮大衣，妈妈？

——是的，貂皮大衣。

小女儿沉默了。

——你买还是不买？

——天气已经暖和了，还用得着貂皮大衣吗？

——用得着。

——您要去哪儿吗？

——哪儿也不去。

听到我硬邦邦的回答，女儿哈哈大笑。

——那您来首尔吧，我们一起去买。

走进百货商店，来到貂皮大衣专卖柜前，女儿仍然不时地盯着我看。那个女人穿的貂皮大衣，也就是我将脸埋进去的貂皮大衣，比它稍微短点儿的衣服竟然那么贵，这真让我始料不及。因为女儿也没提过。买完貂皮大衣回来，儿媳妇目瞪口呆。

——这是貂皮大衣，妈妈！

——……

——真羡慕您啊，妈妈，有个爽快地给您买昂贵衣服的女儿。我连条狐皮围脖都没给我妈妈买过呢。貂皮大衣都是代代相传的，等您去世以后留给我吧。

——这是妈妈第一次让我给她买东西，嫂子你怎么可以这样！

小女儿气呼呼地对儿媳妇喊道。我这才明白，为什么女儿一遍又一遍地看标签，又不停地看我。那时候，小女儿刚刚大学毕业，还在医院的药师室里工作。从首尔回来，我拿着貂皮大衣去了市里的百货商店，找到卖场小姐打听这件衣服值多少钱。听了小姐的回答，我当场愣住了。我没想到一件衣服会这么昂贵！我打电话让小女儿把衣服退掉。她说，妈妈，您有资格穿这样的衣服，您穿着吧。

我们这里冬天也不是很冷，几乎没有要穿貂皮大衣的时候。有时候连续三年都穿不上。每当心情不好的时候，我就打开柜子，把脸贴在貂皮大衣上面，心里想着，等我死了，这件衣服要留给小女儿。

别看现在上冻了，到了春天，紧贴围墙的花田附近又会热闹起来。邻居家的梨树鲜花盛开，不久后就会纷纷凋零。开满浅色小花的蔷薇藤欢呼着冒出刺来。一场春雨过后，围墙下面的小草忽然变得郁郁葱葱。我在镇上的小桥底下买回来三十只小鸭子，放在院子里。小鸭子跑进花田，把花儿踩在脚下。母鸡孵出小鸡后，鸡鸭混合，分不清哪个是鸭子、哪个是小鸡。因为有了它们，春天的院落显得分外热闹。女儿说，如果在花根底下施肥，就会开出更多的花。于是，她开始挖玫瑰花下的土地。挖着挖着，突然看见了在泥里蠕动的蚯蚓，吓得她扔掉锄头跑回了房间。结果，一只小鸡被女儿扔掉的锄头砸死了。夏天，雷阵雨来了，院子里走来走去的鸡、鸭、狗分别跑到了鸡窝、墙边和廊台下面，卷起阵阵泥土的芳香。突如其来的雨点儿不时扬起一阵尘土。晚秋的夜里，清风吹拂，旁边院子里的柿子树叶簌簌飘落，纷纷扬扬。这时候，整夜都能听见秋风拂过庭院的声音。下雪的冬夜，如果有风吹过，堆积在院子里的雪就会爬上廊台。

有人推开大门，啊！是姑妈！

她是孩子们的姑妈，我的大姐，可是我从没叫过她姐姐。因为她不像姐姐，倒更像是我的婆婆。又是下雪，又是刮风，姑妈过来看看我们家的情况。我还以为没有人会管我们家的事，忘记了姑妈的存在。可是，她的腿怎么瘸了？她曾是那么健康、那么利落的人啊。看来姑妈也老了。路上有积雪，走路要小心才行啊。

——有人吗？

她的声音还是那么铿锵有力。

——没人吗？

看来她明明知道家里没人，还故意这么问。没等我回答，她就坐在了廊台的边缘。她怎么穿得那么少呢？这样会感冒的。她在沉思什么？好像丢了魂儿，直直地盯着院子里的雪。

——怎么感觉有人来过似的……

她简直是神仙啊。

——这么冷的天，也不知道去了哪儿。

姑妈是在说我吗？

——夏天过完了，秋天过完了，转眼到了冬天……真没想到你是这么无情的人。这个家没有你怎么能行呢……没有了你，这个家就变成了空壳。穿着夏天衣服出门的人，到了冬天还不回来……不会已经去了那个世界吧？

第四章　另一个女人

没有，我还在到处游荡。

——世上最可怜的就是客死他乡的人了……打起精神，快点儿回来吧。

哭了吗？

姑妈长长的眼睛望着灰色的天空。她的眼睛湿润了。这样看来，她的眼睛并不可怕。从前我真的感觉她很可怕，坦率地说，有时我甚至不敢正视她的脸，只想避开她的眼睛。我宁愿她永远那么精神抖擞。她耷拉着肩膀坐在廊台，感觉像是换了个人。有生之年从没听她跟我说过一句好话，现在为什么要看到她这副样子？看着她柔弱的样子，我的心里也不舒服。我对姑妈的感觉不仅仅是恐惧，有时候遇到棘手的问题，我会想，如果换成姑妈，她会怎么办？如果是姑妈，也许会这么做，然后我会按照这个思路做出选择。她是我的榜样。我也有自己的性格。世界上所有的关系都由双方共同形成，而不是取决于某一方。以后还需要姑妈常来照顾孤零零的亨哲爸爸。我的心里也不好受，不过有她在亨哲爸爸身边，我还是感觉好多了。我活着的时候就知道她有多么依赖亨哲爸爸，因此不会想歪，也不会伤心。我把你当成家里令人敬畏的长辈，感觉你像婆婆，甚至连"姐姐"都叫不出口。姑妈，我不想去几年前修在山上的祖坟里。我不想去那儿。住在这个家里的时候，每当从恍惚中苏醒，我就独自去祖坟。因为那是我死后要去的地方，我想先培养感情。那里阳光很好，我也喜欢那棵歪歪扭扭的松树，然而我真的不想在死后仍做这个家里的鬼。有时候我哼着歌，放松心情，坐在坟前拔草，直到太阳落山。可是直到现在，我对那儿还是没有感情。我已经在这个家里生活了五十年，现在请放了我吧。当时修建祖坟的时候，你说让我住在你的下面。当时我就想，哎哟，死了还要听你的安排。现在，我想起了这句话。姑妈，不要难过，虽然我也是想了很久，但是并没有想得太复杂。我只想回自己的家，我要去休息了。

库房的门敞开着。

猛烈的风仿佛要把门粉碎。我常坐的平板木床上结了冰。我稀里糊涂地坐上平板木床，不小心滑落下来。大女儿常在这个库房里读书，还要忍受跳蚤的叮咬。两边是猪圈和茅房，大女儿常常拿着书躲进库房里。这些我都知道，我没有去找过。哥哥问妹妹去了哪儿，我总说不知道。我喜欢大女儿读书时的样子，不想打扰。搭在猪圈上面的木板上堆放着稻草。母鸡在角落里抱着引蛋下蛋。大女儿坐在中间的稻草上，坐在生出跳蚤的地方，蘸着口水翻书，谁能找得到她？哥哥推开房门、厨房门找她，她都听见了，却仍然藏在里面读书。这究竟是怎样的乐趣啊？母鸡又是多么吹毛求疵。听见女儿翻书的声音，趴在猪窝上面的稻草里抱着引蛋的母鸡流露出了不耐烦。如果不放引蛋，母鸡就不下蛋。听到库房里传来大女儿翻书的沙沙声，母鸡叫了起来。大女儿曾经因此被哥哥发现了。旁边是吭吭直叫的猪，上面是下蛋的母鸡，库房里还放着镐头、铁耙、铁锹等各种各样的农具，以及稻草，大女儿在里面读的究竟是什么书呢？冬天，全家人穿的鞋都放在廊台下面。到了春天，生下小狗的母狗常常咆哮着躺在那里。有时我们能听见水滴从屋檐落下的声音。那么乖巧的狗，怎么生了狗崽就变得那么凶呢？除了家人，谁都不能靠近。是的，每当家里的母狗生小狗的时候，亨哲就会把时常写在蓝色大门上的"小心狗咬"几个字的颜色涂得更深些。母狗吃过晚饭睡觉之后，我从廊台下面抱出一只小狗，放在篮子里，用布盖好，然后再用手掌遮住可能是眼睛的地方，送到姑妈家。

——本来就已经很黑了，为什么还要遮住眼睛，妈妈？

小女儿跟在身后问道。我说，如果不这样，小狗会自己找回家来。小女儿还是流露出不解的神色。

——这么黑，小狗还能找回家？

——是的，别看天这么黑，它还是能找回来！

发现小狗不见了，母狗痛苦不堪，连饭也不肯吃了。母狗要吃东西才能有奶，小狗才能长大。否则，小狗会死的。我不得不再去抱回被我蒙着眼睛带走的小狗，放在母狗的乳房下面。这样它才肯吃东西。它就住在廊台下面。

啊，这些记忆就像春笋，毫无头绪地冒了出来，不知道什么时候才能停止。曾经遗忘的往事纷纷涌上心头。倒扣在厨房搁板上的饭碗和大大小小的缸，以及通往阁楼的狭窄的木楼梯，长在土墙下面、沿着围墙蔓延的南瓜藤。

不要让我们的家冻成这个样子。
如果觉得吃力，就让小儿媳妇帮忙。即便不是自己家，即便是租住的房子，她也总是用心装饰。她这个人眼明手快，做事认真，而且很有人情味。虽然她也上班，但是从来不找人帮忙，她自己把家里收拾得窗明几净。如果管理这个家有困难，那就告诉小儿媳妇吧。只要她动手，陈旧的东西也能换新颜。你应该也看见了。住在开发区的砖房里时，连房东都对房子失去兴趣了，小儿媳却亲自用水泥修补。住在房子里的人不一样，房子的结局也不一样，有的会变得温情洋溢，有的却变得破旧不堪。每到春天，她都帮我们在院子里种几株花，打扫廊台，还帮我们修补被雪压塌的房顶。

亨哲爸爸，几年前你喝醉酒的时候，有人问你住在哪里，你说是驿村洞。亨哲家搬离驿村洞已经二十多年了。我记忆中的驿村洞也变得模糊了。你是个不太喜形于色的人,亨哲在首尔驿村洞买下第一套房子的时候,你依然沉默无言,其实你的心里比谁都自豪。因此,喝醉酒的时候,你忘记了自己的家,竟然说出了那个每年最多去三四次,而且每次都像客人似的住上一天、最多两天的家。希望你也喜欢我们这个家。即使不用重新播种,庭院角落和后院里每年也会盛开各种小花。美丽过后,兀自凋落。庭院、廊台、库房、后院,都在经历着生老病死。晾衣绳上不时飞来几只小鸟,流连嬉戏,仿佛它们是会说话的衣物。房子似乎和住在里面的人越来越像了。要不然我们家的鸭子怎么会成群结队地在院子里昂首阔步,随处下蛋?要不然我怎么会清楚地想起阳光明媚的日子,我用盘子盛着干萝卜条或者煮熟的山芋,放在土墙上面?要不然女儿擦得干干净净的白色运动鞋晾在太阳下的场面怎么会在眼前若隐若现?大女儿喜欢看映在井水里的蓝天。托腮坐在井边的大女儿仿佛近在眼前。

多保重……我要离开这个家了。

今年夏天,我被独自丢在地铁首尔站的时候,只能想起三岁那年的事。我忘记了一切,只能漫无目的地走路。因为我连自己是谁都不知道了。我走啊走啊，眼前苍白，三岁时蹦蹦跳跳地玩耍的庭院清晰地浮现在眼前。时而出去挖金矿，时而出去挖石炭的父亲回到了家。我尽情地游走，走过公寓，走过草丛、山坡，走过足球场。我要去的地方在哪里呢？难道是三岁时玩过的庭院？父亲回来以后，每天早晨都要走上十公里去新建的役社工作。父亲出了什么事？究竟是什么事故让父亲命丧黄泉？村里人告诉妈妈父亲出事的消息，三岁的我在院子里蹦蹦跳跳地玩耍。妈妈脸色蜡黄，在别人的搀扶下跟跟跄跄地走向父亲出事的地方。我一边看着妈妈，一边继续笑啊玩啊。走过我身边的人说，连爸爸死了都不知道，还在笑呢，真是个不懂事的傻孩子，说着还打了我的屁股。带着回忆，我走啊走啊，直到筋疲力尽，颓然坐在路边。

就在那儿。

妈妈坐在廊台上。那个黑暗的房子就是我出生的地方。

妈妈抬头看我。我出生的时候，奶奶做了个梦，梦见一头母牛正舒展膝盖伸懒腰，黄色的牛毛润泽光亮。母牛努力站起，正在这时，我出生了。奶奶说这个孩子肯定精力旺盛，今后肯定会给家里带来笑声，嘱咐妈妈把我养好。妈妈看了看我被蓝色拖鞋磨破的脚背。我的脚背上现出深深的伤口，露出了骨头。妈妈的脸颊因为悲伤而扭曲了。那张脸上的神情和我生下死胎时映在衣柜镜子里的神情一模一样。我的孩子，妈妈伸开双臂。仿佛妈妈拥抱的是刚刚死去的孩子，手臂伸进了我的腋窝。妈妈脱去我的蓝拖鞋，把我的双脚放上她的膝盖。妈妈没有笑，也没有哭。妈妈，你知道吗？我也一样，这一生都需要妈妈。

尾声
蔷薇念珠

妈妈失踪的第九个月。

你来到了意大利。你坐在可以俯视梵蒂冈圣彼得广场的大理石台阶上,望着来自埃及的方尖碑。额头渗出汗珠的导游大声喊着"到这边来",带领人们来到滚动着巨大松球的阴凉台阶。这里的博物馆和教堂里面不允许高声讲解,进入博物馆之前,导游要把重要部分讲给人们听。我会给每人发个耳机,大家把耳机塞进耳朵里。你只是接过耳机,并没有塞进去。耳机里如果没有声音,意味着我和各位距离太远了。人太多,我不能一一照顾,请大家务必在我的声音传播的半径之内活动,我才能为大家做向导。你把耳机挂在脖子上,去卫生间洗手了。你无所顾忌地站起身来,径直走向卫生间。大家都注视着你的背影。你在卫生间的水池里洗了手，打开包，正要拿出手帕擦手时，注意到了放在包里的妹妹的信。你静静地看着。三天前，你要跟着他离开首尔时，从邮箱里取出了这封信。你拉着旅行箱，读着发信人那里妹妹的名字。无论是过去，还是现在，这是妹妹第一次给你写信。不是电子邮件，而是用手写的书信。你犹豫着要不要拆开，最后还是把信塞进了手提包。如果看了这封信，说不定就不能跟着他上飞机了。你从卫生间出来，回到队伍中间。你没有戴上耳机，而是拿出妹妹的信，迟疑片刻，终于拆开了信封。

姐姐。

我从美国回来去妈妈家的时候，妈妈送给我一棵刚刚有膝盖那么高的小柿子树。我去妈妈家收拾自己的东西。妈妈倒在仓库里，那里堆放着我的煤气灶、冰箱和餐桌。妈妈伸展四肢躺在那里。平时喂养的小猫围坐在妈妈身边。我慌忙摇晃妈妈，她似乎清醒过来了，艰难地睁开眼睛，冲我笑了。我的小女儿回来了！妈妈说她没事。现在回想起来，当时她已经昏迷不醒，却仍然坚持说自己没事。她说她走进仓库，想找点儿东西喂小猫。我放在家里的东西，妈妈保存得完好无损。就连去美国之前留给她用的橡胶手套也原封不动地放在仓库里。祭祀时需要用便携式煤气灶，妈妈犹豫了很久，最后还是没有用。为什么不用呢？我问。妈妈说，我想等你回来的时候，原封不动地交给你。

东西都装上车的时候，妈妈从酱缸台上拿来一棵柿子树，神情歉疚地递给我。树根还带着泥土，包在塑料袋里。看过我新家的院子之后，妈妈特意给我买了这棵柿子树。说实话，我本不想带。那么小，什么时候能结柿子啊。虽然家里有院子，但那毕竟不是自己的房子，我担心有人会干涉种树的事，甚至觉得有些麻烦。妈妈看透了我的心思，说道：

很快就会结柿子的。七十年也只在转眼间。

我还是不想带，妈妈又对我说：

等我死了，你在摘柿子的时候可以想起我。

妈妈动不动就说"等我死了"……从很久以前开始，这句话就是妈妈的武器。每当子女不顺她心意的时候，这句话就成为她唯一的武器。不知从何时开始，只要稍不如意，妈妈就说，那就等我死了再做。我带着不知是死是活的柿子树回了家，就像妈妈嘱咐的那样，按照她做的标记埋下了树根。后来，妈妈来首尔的时候，说柿子树和围墙贴得太紧了，让我等到春天再挪个地方。春天刚到，她就问我有没有给柿子树挪挪位置。明明没挪，我却告诉她，是的，已经挪了。秋天妈妈再来的时候，骂我太懒，叮嘱我第二年春天务必要挪柿子树。她所指的正是我打算有钱买下这座房子以后用来种大树的位置。我从没想过要把这棵只有三四根树枝、高不及腰的小树种在那儿。我还是回答，好的。春天到了，妈妈隔三岔五就打电话问我，挪了没有。我说，等天气再暖和点儿。姐姐，我昨天才背着孩子，坐出租车到西五陵买了肥料。我在妈妈说的地方挖了坑，把柿子树挪了过去。妈妈送我的柿子树被我紧贴围墙种下了，我却从来没有反省，昨天挪柿子树时才恍然大悟。刚拿来时，柿子树根别提有多轻了，我甚至怀疑它能不能在地下扎根。昨天挪它的时候，我发现它的根已经深深扎进了地里。即使土壤贫瘠，它也努力扎根，顽强存活，这样的生命力让我惊叹。妈妈送给我那么小的柿子树，是不是想让我看着它根深叶茂？若想收获果实，就要精心照料。也许只是因为妈妈没钱买大树吧。我第一次对那棵柿子树产生了感情。这棵树真的能结出丰硕的果实吗？现在，怀疑消失了。我想起妈妈说过的话，等我死了，你在摘柿子的时候可以想起我。姐姐上次让我说说只有我自己知道的关于妈妈的事情。我说我不了解妈妈，只知道她失踪了。现在也还是这样，尤其是不了解妈妈的力量究竟来自哪里。你想想，她做过的事情恐怕普通人做不了。那些看似无能为力的事情，妈妈全都做到了。然而在这个过程中，妈妈也被彻底掏空，最后变成了连自己孩子的家都找不到的人。妈妈丢了，而我每天还是要给孩子们做饭、喂饭、梳头，送他们上学，不能到处寻找她。我感觉自己好陌生。姐姐说我不同于当今的年轻妈妈，很特别。姐姐，尽管我不能全盘否认，然而我确实做不到像妈妈那样。她失踪以后，我常常这样想，我在妈妈眼里是个好女儿吗？我对自己的孩子能像妈妈对我那样吗？我只知道，我无法像她那样。我做不到。我给孩子喂饭时常常不耐烦，感觉是孩子束缚住了我的脚步，有时甚至会产生被拖累的想法。我很爱我的孩子，也为此感慨，常常感到无比新奇，这些孩子真是我生的吗？但是，我不可能像妈妈那样把自己的全部人生奉献给子女。看似我也可以为孩子们付出全部，但我绝对做不到像妈妈那样。我希望老三快点儿长大。我常常觉得人生因为孩子而停滞了。等老三再长大些，我想把他送到托儿所，或者请人帮忙照顾，而我要去干我的事业。是的，我也有我的人生。每当意识到自己有这种念头的时候，我就会想起妈妈。她是怎么做到的呢？我真的感觉自己不了解妈妈。假如她一心只为我们是迫不得已，可我们怎么会觉得妈妈从出生就注定是当妈妈的人呢？我也做了妈妈，却依然有那么多梦想。我记得自己的童年时光，记得我的少女时代和青春年华，然而为什么会觉得妈妈天生就该做妈妈呢？妈妈没有机会去实现自己的梦想，手里握着时代交给她的最糟糕的牌，她不得不独自对抗贫穷、悲伤，而且必须取胜。尽管这样，妈妈还是尽其所能地全身心奉献自己。我为什么从来没有考虑过妈妈的梦

尾声　蔷薇念珠

想呢?

姐姐。

我真想把头埋进移栽柿子树的坑里。我做不到像妈妈那样。那么妈妈呢,她愿意这样生活吗?妈妈在身边的时候,我为什么从来没想过这些?我是她的女儿,却不能理解她,那么面对别人的时候,妈妈该有多孤独?只能在无人理解的情况下默默牺牲,人世间怎么会有如此不妥的事情。

姐姐,我们还有机会守在妈妈身边吗?哪怕只有一天也好啊。理解妈妈,听她说话,聊聊她被岁月埋没的梦想,陪伴在她身边,这样的日子还会再来吗?哪怕不是一天,哪怕只有几个小时,我也会告诉妈妈:我热爱和敬佩她所做的一切,我热爱和敬佩能够做到这一切的妈妈,我热爱和敬佩无人记得的妈妈的一生。

姐姐,千万不要放弃妈妈,一定要把妈妈找回来。

妹妹没写问候语,也没有写日期,看来是写不下去了。妹妹好像哭了,信纸上留下了圆形的痕迹。你呆呆地看着黄色的痕迹,然后叠好信,放回包里。妹妹写这封信的时候,也许正在桌子底下捡东西吃的孩子走上前来,抓住她的屁股,含含糊糊地说,"熊妈妈……"也许妹妹脸色阴沉地瞪着孩子的眼睛,最后还是配合他说,"好苗条!"孩子不理解妈妈的心思,说不定还会眉开眼笑呢。刚刚学会说话的孩子继续说,"熊爸爸……"等待妈妈接下去。也许妹妹含着泪,配合孩子说"胖乎乎",而无法写完最后的问候语。说不定孩子抓着妹妹的腿向上爬,不小心摔到地板上,磕破了额头。说不定孩子哭得上气不接下气。看到孩子薄薄的皮肤上出现了铁青色的伤痕,妹妹忍耐已久的眼泪终于夺眶而出。

你叠好信,放回包里,导游急促而充满激情的声音在耳边回响:这座博物馆的最高潮部分就是我们最后要看到的,绘在西斯廷教堂天花板上的《创世记》。米开朗琪罗花了四年时间,悬在穹顶上画壁画,后来视力减弱,看不见文字了。绘画也只有在外面才能看到。壁画是用石灰制作的,必须赶在石灰干燥之前完成。这是需要一个月才能完成的工作,却必须在一天之内完成,否则石灰就会变硬,那就只能重新开始。连续四年悬在天花板上画画,面孔扭曲似乎也是理所当然的了。

登机之前,你在机场做的最后一件事是给父亲打电话。妈妈失踪之后,你的父亲往返于首尔和农村之间。春天来了,他又回农村了。每天早晨或傍晚,你都会给父亲打电话。电话铃刚响一声,父亲就迫不及待地接起了电话。还没等你说话,他就叫出了你的名字。如果放在从前,这都是妈妈的事。妈妈在门前的花坛里拔草，听见房间里电话铃响，就对父亲说，接电话吧，是智宪！怎么能通过电话铃声猜出是谁打来的电话呢，你问妈妈。妈妈摇着头说，没什么……一听就知道。妈妈不在了，父亲独自住在空荡荡的家里，也能听出电话铃声了。你在罗马倒是可以打电话，但是有时差，若想赶在父亲醒着时打电话，还需要格外费心，说不定短时间之内都不能打电话了。于是，你赶在机场给父亲打了电话。也不知道他有没有听见你说话，他突然说应该让妈妈做鼻窦炎手术。

——妈妈鼻子不舒服吗？

你的声音很低沉。父亲说每到换季的时候，妈妈就咳嗽得睡不着觉。都是因为我，父亲说。因为我，你妈妈没有精力照顾自己的身体。要是在平时，你也许会说，父亲，谁都不能怪。那一天，从你口中说出的却是别的，是的，是因为您。话筒那头的父亲突然屏住了呼吸。他不知道你是在机场打电话。

——智宪呀。

过了一会儿，话筒那头的父亲叫了你的名字。

——父亲。

——我做梦都梦不到你妈妈。

——……

沉默片刻，父亲马上又说起了从前的事。有一天，哥哥寄回了带鱼，妈妈要煎着吃。她从山地里拔回带着青缨的萝卜，甩掉根部的泥土，用刀削了皮，切成大块，铺在锅底，放入各种调料，煎成红色。妈妈剥下肥嫩的带鱼肉，放在白米饭上面。早晨煎好带鱼，午饭时每人一块，吃饱以后，父亲和妈妈躺在房间里睡午觉。说到这里，父亲轻声抽泣起来。他说当时不知道这就是幸福。他说对不起你的妈妈。她总是问我身体有没有不舒服。是的，父亲常常不在家，即使在家的时候，身体也常常不舒服。父亲大概对此感到内疚，衰老的他哭得更剧烈了。

——我生病的时候，你妈妈的身体好像也不舒服了。

难道妈妈是因为父亲生病而不能说出自己生病的事吗？因为家人，妈妈是不能生病的。五十岁以后，父亲开始服用降压药，他关节麻木，还患了白内障。就在失去妈妈之前，他还连续做了好几次膝盖手术。因为小便不畅，他做了前列腺手术。他因为脑梗塞而晕倒，一年住了三次院。有时半个月就出院，有时则要一个月。每次妈妈都睡在医院里。虽然请了护工，夜里还是要妈妈亲自看护。护工睡在医院的时候，父亲深更半夜把自己关在卫生间里，不肯出来。他突如其来的举动让护工不知所措，就给住在哥哥家的妈妈打电话。妈妈连夜赶到医院，安慰不肯走出卫生间的父亲。

——亨哲他爸，是我，快开门，是我。

别人怎么说都不肯开门的父亲，听到妈妈的声音立刻打开了门。父亲蹲在马桶旁。妈妈扶着他出来，让他躺回病床。父亲静静地看了看妈妈，终于睡着了。他说不记得这件事了。第二天你问他为什么要这样，他反问，我有这样吗？说完，他闭上眼睛，生怕你继续追问。

——妈妈也需要休息，父亲。

父亲翻过身去。你知道，他假装睡着，其实是在偷听你和妈妈说话。妈妈说父亲是因为害怕才这样。睡在医院里，突然醒来，发现陌生人陪在自己身边，家人都不在场，不知道这是什么地方，因此而感到恐惧。

——有什么好怕的？

你气呼呼地说。父亲应该听见了你的声音。

——你什么也不怕吗？

妈妈悄悄地瞥了父亲一眼，压低声音说道。

——你父亲说我偶尔也会这样。有时候睡着睡着发现我不在，他就起来找我，结果发现我藏在库房里，或者井后面，连连摆手，焦急地说着"不要对我这样……"浑身剧烈颤抖。

——妈妈，你也有过这样的时候吗？

——我怎么记得啊。你父亲领着我回到房间，让我躺下，喂我喝水，我才能重新入睡。我有这样的时候，你父亲应该也有害怕的时候。

——害怕什么？

妈妈含含糊糊地说：

一天天活着就很可怕。最可怕的还是粮仓里没有粮食的时候，想到你们几个要饿肚子……我简直忧心如焚啊。这样的日子的确有过。

父亲从没跟家人提过妈妈的这些事，包括你在内。妈妈失踪之后，父亲独自住在乡下的家里。你每次给父亲打电话时，他生怕你先挂断电话，于是毫无头绪地讲起了从前的事情。即便是这样，他也从来没有说过妈妈睡着睡着突然躲藏起来的事。

你看了看表，上午十点。他起床了吗？吃过早饭了吗？

今天早晨六点钟，你在特米尼火车站旁的旧宾馆里醒来。失去妈妈之后，你的身体和内心都充满了沉入水底般的绝望。你想起床的时候，原本背对着你睡觉的他翻过身来，想要抱你。你静静地挪开他的胳膊，放在床上。遭到拒绝的他把胳膊挪到额头，说道：

再睡会儿吧。

——我睡不着。

他从额头上放下手来，翻过身去。你呆呆地望着他结实的后背，伸手摸了摸。自从妈妈走失以后，你从来没有温柔地抱过这个男人。

为了寻找妈妈，你们家人都疲惫不堪了。每次见面的时候，常常会突然陷入深深的沉默，然后就会做出挑衅的举动。夺门而出，或者往啤酒杯里倒上白酒，一饮而尽。你们努力摆脱随时随地都会涌上心头的关于妈妈的回忆，然而所有的人都在想着同样的事情，真的希望妈妈也在场，或者妈妈在电话那头说"是我"。妈妈经常说，是我！妈妈失踪后，你们家人不管谈论什么话题，都无法持续十分钟。无论想什么，关于"妈妈在哪儿"的疑问总会不安地渗透进来。

——今天我想一个人待着。

他背对着你，答应了你的要求。

——一个人做什么？

——我想去圣彼得教堂。昨天在酒店大厅等你的时候，听说今天有个参观梵蒂冈的活动，时间是一天，我报了名。现在我要准备出发了。七点二十分在大厅集合。如果九点之前不能到达，那就需要排队两个小时才能进去。

——明天和我一起去吧。

——这儿是罗马，以后陪你去的地方多着呢。

为了不打扰他睡觉，你静静地洗漱。你想洗头，却又担心水声会吵到他，于是照着镜子向后扎起了头发。你换好衣服，刚要走出房间，突然想起了什么，对他说：

谢谢你带我来这儿。

他拉过被子，蒙住了脸。现在，他的忍耐已经达到了极限。你也知道。他向这里的人们介绍说，你是他的妻子。不错，如果找到妈妈，现在你已经是他的妻子了。今天上午的学术研讨会结束后，他要和另外几对夫妇共进午餐。到时候他们肯定会问，你的妻子去哪儿了。你静静地看了看用被子蒙住脸的他，转身走出了房间。妈妈丢了以后，你常常心血来潮做一些事。你心血来潮去喝酒，走着走着突然乘上去乡下老家的火车。不管是深夜，还是黎明，你面朝天花板躺在写字楼里，然后突然急匆匆地冲到首尔街头，到处张贴寻人启事。你鲁莽地冲进警察署，嚷嚷着让警察帮你找到妈妈。父亲接到电话，来到警察署，呆呆地望着你。不知从什么时候开始，哥哥已经接受了妈妈不在的现实，重新出入高尔夫球场。你对哥哥也冲动地呐喊：

你给我找回妈妈！

你的呐喊声里夹杂着对其他认识妈妈的人的抗议，还有对弄丢妈妈的自己的憎恶。你对哥哥近乎攻击的叫喊越来越频繁，哥哥也默默地接受了。

——怎么能这样呢……为什么不找妈妈了？为什么！为什么！

陪着你在黑夜的街头徘徊，这是哥哥能做的全部。去年冬天，你穿着从乡下家中的衣柜里翻出的貂皮大衣，偶尔搭在胳膊上，漫无目地游荡在城市的黑暗地铁通道里。假如遇见身穿夏装的妈妈，你要给她穿上貂皮大衣。你拿着貂皮大衣穿梭在用报纸或方便面箱子当被子的露宿者之间，你的身影映在高楼大厦的大理石上面。仅此而已。你总是开着手机，现在已经没有人打电话说看见和妈妈相似的人了。有一天，你去妈妈失踪的地铁首尔站，意外看到了发呆的哥哥。你们兄妹俩坐在地铁站里，看着地铁来来往往，直到末班列车出发。哥哥说，原以为只要他坐在这里，妈妈就会拍拍他的肩膀，叫一声"亨哲"。现在，他已经不再抱有这样的希望了。他说他的脑子里一片空白，什么也想不起来，只是在下班后不想回家的时候，就到这里来看看。某个休息日，你去找哥哥，看见他拿着高尔夫球杆下了车，你厉声嘶吼，混蛋！那天你闹得很厉害。如果连哥哥都接受了妈妈失踪的事实，那还有谁会去找妈妈啊？你夺过他的高尔夫球杆，扔在地上。每个人，都渐渐地变成了没有妈妈的儿子、女儿和没有妻子的丈夫。即使没有了妈妈，生活仍然在继续。有一天早晨，你又去了妈妈失踪的地方，结果再次遇上了哥哥。你从背后抱住了站在晨光中的哥哥。哥哥说，我们总觉得妈妈的一生只有痛苦和牺牲，也许这只是我们自己的想法。我们总觉得妈妈悲伤,也许只是出于我们的负疚感。我们这样想,其实是小看了妈妈,以为她的生命无足轻重。哥哥竟然想起了妈妈常常挂在嘴边的那些话。遇到开心事的时候,她就说,谢谢!太感谢了!妈妈用感激之情代替每个人都能体会到的琐碎的快乐。懂得感激的人,她的人生怎么会不幸呢?分开的时候,哥哥说很害怕,害怕即使妈妈回来也认不出自己了。你说,对于妈妈,这个世界上最重要的人就是哥哥了。无论哥哥在哪里,无论他变成什么样,妈妈都能认出来。哥哥参军进驻训练所的时候,曾经邀请父母到训练所参观。妈妈蒸了打糕,顶在头上,带着你去找哥哥。几百人穿着一模一样的衣服练跆拳道,妈妈一眼就从那些人中认出了哥哥。在你看来,那些人都一样。妈妈突然间笑逐颜开,指着哥哥对你说,你哥哥在那里!你和哥哥很久没有这样心平气和地谈论妈妈了,然而到了最后,你又提高嗓门质问哥哥,为什么不再寻找妈妈了?你对哥哥嚷嚷,你为什么要这么说?好像永远也找不到妈妈了似的。怎么找?究竟应该怎么找?哥哥喊着,解开了穿在西服里面的白衬衣的扣子。后来,哥哥当着你的面流下了眼泪。从那之后,他不再接你的电话了。

直到妈妈失踪以后,你才意识到妈妈的故事已经在你的灵魂深处扎根了。妈妈日复一日的生活,还有她说过的琐碎的话语。

妈妈在身边的时候，你从来没有多想，有时甚至感觉她的话根本不必当真。现在，这一切都在你心里复活，掀起了狂澜。你忽然明白了，即使在战争之后，即使在能勉强糊口之后，妈妈的地位也从来没有改变。家人们久别重逢，陪着父亲围坐在饭桌旁谈论总统选举的时候，妈妈依然在做饭、洗碗、洗抹布。甚至连修理大门、房顶和廊台也是妈妈的事。她每天不停地重复这些琐事，家人都不帮忙，甚至连你也形成了习惯，觉得这些事情理所当然应该由妈妈去做。有时真像哥哥说的那样，你们以为妈妈的人生充满了失望。她这辈子从来都没有碰上过好时候，却总是努力留下最好的给你。在你孤独的时候，给你安慰的人也是妈妈。

市政府前的银杏树冒出了指甲大小的新芽，你蹲在通往三清洞的路边，伸开双臂抱着大树的树身。妈妈不在了，春天还是如约而来。大地解冻了，世界上所有的树木都恢复了生机。从前支撑你的信念，肯定能找到妈妈的信念渐渐瓦解。妈妈丢了，夏天还是会来，秋天还是会来，冬天也不例外，我应该也活在这中间。空荡荡的废墟呈现在你眼前。一个失踪的女人，穿着蓝色的拖鞋，步履蹒跚。

你没有告诉家人，跟着要去罗马参加学术研讨会的他出发了。

虽然是他提出要与你同行，但是没想到你真的会答应。当你说要和他一起上路的时候，他有点儿慌张，还是认真询问了因为你的同行而发生变化的事项。直到出发前一天，他还打电话问你，"没有变化吧？"乘上飞往罗马的飞机，你第一次想到，也许妈妈的梦想就是成为旅行家。尽管她常常满怀忧虑地对你说，不要再坐飞机了，然而当你从某个地方回来时，她总会详细打听你去过的地方。中国人穿什么样的衣服？印第欧人怎么背孩子？日本最好吃的东西是什么？妈妈的问题层出不穷。中国男人常常在夏天裸着上身，秘鲁的印第欧女人用网兜装着孩子夹在肋下，日本的食物太甜了。你的回答总是这样简单。如果妈妈继续追问，你就不耐烦了，"以后我再说给你听，妈妈！"后来，你们母女俩就再也没机会谈论这些了。因为你面前总是堆积着其他的事情。你靠着飞机座椅，深深地叹了口气。是妈妈劝你到遥远的地方生活，也是妈妈第一次把你送到了距离出生地最远的城市。你痛苦地想到这样的事实，当年的妈妈，送你进城后乘坐夜班火车回乡下的妈妈，她与现在的你同龄。一个女人，忘记了出生时的喜悦，忘记了童年和少女时代的梦想，赶在月经初潮时早早结婚，接连生了五个孩子。随着孩子们的成长，这个女人渐渐消失了。为了孩子，她无所畏惧，从不动摇。她的一生都在为家人牺牲，最后却失踪了。你拿自己和妈妈做比较。妈妈就是世界。如果换成是妈妈，她绝对不会像你现在这样为了躲避恐惧而逃跑。

　　整个罗马就是巨大的古迹。你听说过很多关于罗马的负面流言，铁路动不动就罢工，对乘客毫无歉意，光天化日之下拉住别人的手腕摘下手表，黑暗的街头龌龊不堪，到处都是涂鸦的痕迹和垃圾。你好像对这些都不在意。出租车司机漫天要价，有人拿走了你刚刚摘下来的太阳镜，你也只是静静地观看。尽管这样，前三天他参加学术研讨会的时候，你还是独自寻找罗马街头随处可见的废墟。古罗马集市废墟、罗马斗兽场、卡拉卡拉浴场、圣热内罗地下墓穴，你呆呆地站在大都市的辽阔废墟里。罗马是文明的象征，每个地方都保留着古老岁月的痕迹，然而你对这些视而不见。现在也是这样，你的视线转向排列在圆形广场里面的仿佛被什么东西包围着的圣像。你的目光并没有在上面逗留。导游解释说，梵蒂冈既是世俗的国家，又是神灵的国度。虽然领土面积只有四十四公顷，却是独立国家，独立发行货币和邮票。你不想听导游的说明。你的双眼在人群里游走。只要看见有几个人，你的目光就在他们之间不安地闪烁，"我妈妈会不会也在其中呢？"你当然知道失踪的妈妈不可能出现在西方游客中间，但是你的目光仍然四处逡巡。曾在这里学了七年声乐的导游和你目光相遇。你有点儿尴尬，连忙抓住耳机戴在耳朵上。梵蒂冈是世界上最小的国家，每天都有大约三万人前来旅游。插上耳机，你听见了导游的声音。你轻轻咬着嘴唇内侧。妈妈的话就像曙光,掠过你的脑海。忘了是什么时候,妈妈问你世界上最小的国家在哪儿,如果将来有机会去旅游,帮她带串蔷薇念珠回来。这个世界上最小的国家。你猛地一惊,就是这里吗?梵蒂冈。

你戴着耳机,穿过躲避着阳光坐在大理石台阶上的人群,独自走进博物馆。蔷薇树做的念珠,博物馆的雄壮壁画和雕塑闪过你的眼前,接连不断。应该有出售纪念品的地方吧,也许在那里能买到蔷薇念珠。离开人群寻找蔷薇念珠的你,在西斯廷教堂停下了脚步。整整四年悬在高高的穹顶上作画吗?巨大的壁画和以前在书里看到的有些不同,单是尺寸就足以征服所有人了。完成这项工作以后,如果脑袋还不歪,那才奇怪呢。你站在《创世记》下面,创作者的痛苦和激情潮水般涌向你的脸颊。你的猜测没有错,走出西斯廷教堂,你就看到了兼做书店的纪念品商店。身穿白衣的修女们站在柜台对面,有位修女与你四目相对。

——您是韩国人吗?

修女嘴里流出了韩国语。

——是的。

——我也来自韩国。您是我被派到这里之后遇到的第一个韩国人。我是四天前刚到这里的。

修女又笑了。

——有蔷薇念珠吗？

——蔷薇念珠？

——就是用蔷薇树做成的念珠。

——啊……

修女带着你来到柜台角落。

——您说的是这个吗？

你接过修女递来的念珠盒，打开了盖子。密封的念珠盒里洋溢着蔷薇的芬芳。妈妈知道这种气味吗？

——今天早晨神父祝福过了。

这就是妈妈曾经说过的蔷薇念珠吗？

——这种蔷薇念珠只有这个地方才能买得到吗？

——不是的，随处都能买到，只不过这里是梵蒂冈……这里的蔷薇念珠更有意义。

你怔怔地望着写在念珠盒子上的"十五欧元"。你把钱递给修女，你的手颤抖了。修女递过念珠盒，问你是不是用作礼物。礼物？还有机会送给妈妈吗？会有吗？你点了点头，修女从柜台里面拿出了印有圣母怜子像的白色袋子，放入念珠盒，再用不干胶封好。

你手里拿着蔷薇念珠，走向圣彼得教堂。站在门口，你向里张望。远处是雄伟的青铜华盖，圆形的天花板光芒闪闪。成群结队的天使飘在壁画的白云里。你迈步走向圣彼得教堂内部，遥望远处上漆的巨大光环。你想穿越中央大厅过去看个究竟，脚步却迟疑了。没等进去，你就被什么东西强烈地吸引住了。是什么呢？你穿过人群，朝着犹如磁铁般吸引你的东西走去。人们仿佛看见了什么，纷纷抬头，仔细观察，是圣母怜子像。圣母怀抱死去的儿子，被关在防弹玻璃之内。你被什么牵引着穿过人群，走到圣母怜子像前。圣母怀抱着刚刚咽气的儿子。望着她端庄典雅的仪态，你感觉自己僵住了。那真是大理石吗？死去的儿子仿佛还保持着体温。圣母把尸体放在膝盖上，低头俯视儿子，眼神中满是痛苦。死亡已经过去了，然而母子的身体依旧是那么鲜活，仿佛用手指轻戳就会颤抖。这个女人，这个名不正言不顺的母亲，依然腾出膝盖，让儿子的尸体躺在上面。他们是那样生动，栩栩如生。你感觉有人在抚摸你的后背，连忙回头张望。妈妈似乎站在你的身后。你明白了，每当感觉有什么不对的时候，你就会想到妈妈，从来都是这样。想到妈妈，你就会纠正自己的想法，内心深处重新升腾起力量。即使在妈妈失踪以后，你也还是习惯性地想给她打电话。好几次你都想给妈妈打个电话，却又突然愣住了。你把蔷薇念珠放在圣母怜子像前，跪了下来。圣母放在儿子腋下的手仿佛动了动。怀抱着痛苦死去的儿子，圣母该有多么悲伤，只是你看不见罢了。回荡在耳畔的声音全都停止了，天花板

尾声　蔷薇念珠

上的光芒也消失了。世界上最小的国家的教堂陷入了深深的沉默。你的嘴唇受伤了，柔嫩的内侧皮肤不停地渗出血滴。你咽下血滴，艰难地抬起头来，仰望圣母。你情不自禁地用手心去抚摸防弹玻璃。如果可以的话，你想帮圣母合上那双满含悲伤的眼睛。你感觉到了妈妈生动的气息，仿佛昨天同床而卧，今天早晨醒来在被窝里刚刚抱过妈妈。

那是冬天，你从外面回来，小手冻僵了。妈妈用她粗糙的双手捧住你的小手，拉着你走到厨房灶坑前。哎哟，手都冻成冰块了！妈妈抱着你，坐在灶坑前面，还是捧着你的双手，不停地搓来搓去，想让你的手快快变得温暖。那时候，你感觉到的就是这样的气息。

圣母的手指托住已经断气的儿子的腋窝，长长地伸了出来，仿佛在抚摸你的脸颊。圣母艰难地托起儿子满是钉痕的双臂。你跪在圣母面前，直到教堂里的游客全部离去。有一个瞬间，你猛地睁开眼睛。你目不转睛，紧紧盯着圣母充满悲伤的眼睛下面的嘴唇。圣母紧闭着嘴唇，带着不容侵犯的高贵。你发出了沉沉的叹息。圣母典雅的双唇超越了眼神的悲伤，抵达了悲天悯人的境界。你又看了看她死去的儿子。他的胳膊和腿静静地垂在母亲的膝盖上。尽管死了，但他依然享受着母亲的安慰。如果你说要去旅行，家人肯定以为你已经断了寻找妈妈的念头。你感觉自己没有能力打消他们的疑虑，于是没有告诉任何人你要去罗马的消息。难道你远道而来，就是为了看看圣母怜子像吗？也许在他说要去参加学术研讨会，问你要不要去意大利的瞬间，你下意识地想起了这尊怀抱儿子尸体、静静地沉浸于悲悯情怀的圣母像。站在这儿，你有个虔诚的心愿，那就是再次见到生活在远隔万水千山的亚洲大陆尽头的小小国度里的无名女人。不，也许不是。也许你知道，妈妈已经不在这个世界了。也许你是想说，请不要忘记妈妈，请可怜可怜我的妈妈。你看见坐在透明玻璃那边的台座上面，伸开柔弱的双臂，拥抱创世以来人类的全部悲伤的圣母像，这时候你却什么也说不出来了。你失魂落魄地凝望着圣母的嘴唇，泪珠从你紧闭的眼睛潸潸滑落。你踉踉跄跄地倒退着离开了。信徒们列队走过你的身边，好像要做弥撒了。你走到教堂门口，茫然若失地俯视着长长的回廊和光芒四射的广场。这时，你终于说出了没能在圣母像前说的那句话：

拜托了，请保佑我的妈妈……

亲爱的读者：

　　我们希望这本书成为您与母亲之间沟通的桥梁。因此，欢迎您读完本书后，去采访自己的妈妈，写下她的故事，投稿到我们专门注册的微博号@请照顾好我妈妈bot，让更多"母亲"身份之下的个人故事被看见。

本书编辑部

作者的话

去年冬天,我和母亲一起在我家里生活了大约半个月。三十年没有这样了。自从青春时代离开母亲,这还是我第一次陪着母亲度过这么长的时间。每天早晨醒来,我就去母亲睡觉的房间。不管我什么时候推开房门,她总是醒着。我走进房间,母亲随口问,进来干什么?同时也感叹,我和你还有这样的机会,真好!我们面朝天花板躺着,谈起从前的事。曾经遗忘的往事充满了母女二人并肩躺着的房间。日子久了,我渐渐发现,许多尚未解决的往事犹如树根般在母亲的脑海里痛苦交织。有时她变得很柔弱,趴在我怀里哭泣,却又突然回过神来,慌忙回到母亲的位置,自言自语,"我这是怎么了!"我真切地感觉到了,母亲的需求并不多,只是希望有人听她诉说。

不过,我并没有温顺地听妈妈说话。针对某些事情,我会提高嗓门和她争论,不是这样!您为什么要这么想!有时候我们聆听着彼此的呼吸,背靠背躺在一个被窝里。有时她伤心了,收拾好行李张罗着回家。即便如此,我还是觉得那些清晨时光都很幸福,而且是完完整整的幸福。幸福的余韵是那样悠长而深远。然而这余韵究竟来自何处呢?我思考了很久。母亲仍在我身边,我躺在她旁边,等待清晨降临。能够听母亲说话,这是我的幸运。

如果我说是当时的幸福促使我坚持写完了这部小说,各位读者会相信吗?因为小说里的母亲被我写得那么不幸。这的确是事实。我想,我不能独享那些清晨的幸福。那种幸福不吐不快啊。我想告诉大家,这件事还不算晚。我告诉大家的方式就是写这部小说。在这样的心情中诞生了这部小说的第一句话:"妈妈失踪已经一周了。"连载结束后,我又冥思苦想了很长时间,最后为了挽救妈妈,我又写了"蔷薇念珠"。之所以选择"妈妈失踪的第九个月"作为该章的开头,是想表达我们还有时间去理解母亲、爱母亲、照顾母亲。我想留下余地,母亲只是失踪了,还有找到的希望。我们的母亲们犹如空壳,站在今日之你我的身后。她们为我们做出的牺牲难以计算。我只想努力还原母亲为我们付出的令人心痛的爱、激情和所做的牺牲。我希望母亲们曾被埋没的人生在某种程度上具有社会意义,这是我作为作家的朴素的心愿。

稿子写完以后,我做的第一件事就是给乡下老家的母亲打电话。当时已经是夜里十点多了，父亲接起了电话。我问母亲睡了没有，父亲说她在库房里。在库房里？在库房里干什么？这么晚了？父亲说母亲在库房里剥蒜。母亲在我小时候读书的库房里连夜剥蒜？我又拨通了母亲的手机，嚷嚷着问她为什么深更半夜还在剥蒜。她不以为然地说，我睡不着……马上就到腌泡菜的时候了，每天剥几头蒜，这样很好。第二天，我发走了稿子，又给母亲打电话。这回她在豆田里。她心疼地说，因为干旱，豆秧都死了。

年过古稀却依然在剥蒜，依然因为天不下雨而焦急地站在豆田里。我的母亲就是这样的人。这想法常常给以写作为生的我带来活力。不知从什么时候开始，我发现自己每次写不出东西或者失去平衡的时候，就会给母亲打电话。这时，她就像唱歌似的滔滔不绝地讲起我来到这个世界之前就已存在的人和事。有时我静静地拿笔记下母亲说过的话。有人没有犯错却遭遇挫折，仍然不肯放弃自己的人生，继续追寻梦想，繁衍出更多的爱，从而让人生迈向新阶段。他们的秘密成了我的小说。母亲说，她给我讲的并不是自己的故事，而是从别人那里听来的。哪怕她讲述的只是频繁地发生在宇宙里，转瞬即逝的琐碎小事，我在写作当中也会突然领悟，正是这些故事使我不断拥有梦想，而且母亲也希望她讲的故事能够通过我转达给这个世界上的人们。

　　除了写作，我不适合做任何事。意识到这些，我也不知道是幸运还是不幸。似乎是我自己选择了这条路，却又像是早已注定了。母亲常常让我不要像她那样生活，我却想沿着母亲的道路继续前行。母亲的身心全部交给了我，然而在无眠的夜里，她还是要去剥蒜，再用剥好的蒜腌泡菜，然后寄给我。如果黄豆收成不好，她就去市场买来黄豆，做成清曲酱寄给我。

　　我是这样的母亲的女儿，我也能够在这条路上继续走下去。我相信。

申京淑

2008 年秋